中村浩子

ホスピスが私に残された唯一の道

愛する人を看取って

海鳥社

はじめに

平凡に、そして平穏に過ごしてきた人生に、ある日、突如、足許を揺るがす雷鳴に出会ったようなショックを感じさせることが起きました。それは、夫ががんに冒されている、それも膵臓《すいぞう》がんと分かったのです。

六十年近い人生で最大の困難事です、試練の日々でした――。

何から手をつけてよいか分からない、ただただ茫然としていた時期、猛然と病と闘おうと、夫婦共々緊張して暮らした日々……、そしてその後、いくらか落ち着いて、病は戦っても必ず勝利があるものではないと気づき、それならば流れに逆らわず、出来るだけ良いときを過ごすように努めようとした日々。そして最後の日を迎えました。

私にとっては、かけがえのない人を喪う悲しい日々でした。しかし、その日々は、私にとって、人生をいかに生きるべきか、さまざまなことを教えられた日々でもありました。

本当にかけがえのない経験をすることができました。
夫との日々を糧に、これからの人生を歩み進むための一里塚にしようと思い、本書をまとめてみました。愛する人をなくされた方々や、病と戦っておられる人たちに、いくらかでもお読みいただけたらと思います。

二〇〇〇年一月十五日

中村浩子

別れの挨拶

私はもうすでに天国へ行っています。
生前中は何かとお世話になりました。
最後にお会いできないことが何としても心残りです。
皆様方には今後ともますますご活躍されんことを、
天国よりお祈りいたしております。

平成九年十二月五日

中村　勲

ホスピスが私に残された唯一の道●目次

ホスピスが私に残された唯一の道

発病、そしてがん告知

予感……体調の変化

夫は、本来はじっとしていることがないようなタイプで、常に何かに熱中してきた人でした。その夫が、ふと気がつくと気力のない、朝寝とぼんやりとして過ごす時間が多くなっていました。

年のせいかな、仕事が過密すぎて疲れがたまっているのかな……と思いながらも、それにしても以前と比べると、まるで人が変わったように無気力な人になっていました。

しかし、それは体調に変化が生じていたのでした。

一九九六年春、仕事量が少なくなったにも関わらず、何事にも元気がなく、一向に回復する様子も見えず、家でじっとしていることが多くなっていました。

そんな日々を過ごしていたある日、熊本へコンサートに出かけたことがありました。その折り、帰りに大分の方へ廻ろうと、夫が言い出しました。なぜそんなに遠回りをと不思

ヨーロッパ旅行で訪ねたスイス・インタラーケンで、夫とともに

議に思いたずねると、鉱泉を汲みに行きたいと言います。何でもこの鉱泉水を飲むと、腹の宿便が取れて、胃腸の調子がすっきりすると、どこかで聞いてきたようでした。

そんなことを考える人でないことが、私にはよく分かっているだけに、非常に不思議に思いました。

その当時、すでに病院にはかかっていました。二週間に一回、きちっと病院に行き、診察を受けているにも関わらず、すでに体調は、こんな藁をも掴みたいような心境だったのでしょう。

体の異常をはっきりと主治医に話しているの、と聞いてみると、ちゃんと言ってるよ、とのことです。しかし、主治医は慢性膵炎《まんせいすいえん》だと言われるだけでした。

一年半ほど前から、慢性膵炎と言われて二回ほど検査入院もし、治療していました。しかし、そのころと現在では、明らかに体調が違っていると訴えているのでしたが、医師の診断は同じとのことでした。

そこで、夫はその打開策として、鉱泉水を飲んでみようと思ったようでした。

夫のその数カ月の間の生活態度は、後になって考えてみれば、確かに異常でした。私はその生活態度を見ていて、イライラすることがたびたびありました。でもまさか、そこに重大な病が潜んでいるのだとは、とうてい思い至りませんでした。

性格が変わったのかと思うほどの生活態度の変化は注意信号です。こんなときは、気をつけなければと反省しています。

診察の結果に不信を覚えるようなときは、病院を変えてみる必要があるようです。セカンドオピニオンという考え方を持つ必要があります。

がん宣告　一九九六年八月二十日

「がん」を「告知」されることと、がんを「宣告」されるのでは、大変な違いです。告知とは、告げて知らせることであり、宣告とは一方的に言い渡すことではないでしょうか。そこには自ずと違いがあるはずです。

世間ではがん告知について、賛否両論ありますが、たとえがん告知賛成の考え方を持っていても、知らせればよいというものではないと思います。ましてや宣告のような告知に出会えば、患者やその関係者はどう感じるでしょうか。

宣告されたその一瞬、頭のなかは空白、心は放心状態、茫然自失となっても不思議ではないと思いませんか。

がんという言葉に対して持っているイメージは、人によって違いはあるでしょう、でもよいイメージを持っている人はいないのではないでしょうか。

悪いイメージを持った話であれば、聞く人の心をそれなりにほぐし、気持ちの準備が必要ではないかと思います。患者自身にしても、ある程度自分の体調から察するものがあったり、もしやと思うものがあっても、その心のなかには相反するものが激しく入り乱れ、葛藤していると考えて不思議はないでしょう。

そのような不安な心理状態にある患者にたいして、医師は、がん告知というのをどのように考えているのでしょうか。

私たちの体験は、残酷なものでした。


一九九六年八月七日、検査のため入院しました。そこは数カ月以前から体の異常を訴え、とき折り検査もし、投薬も受けていた病院です。

その病院では、異常を訴えたことには真剣に耳を貸してもらえず、不満に思い、近くの医院で診てもらったのです。すると、その医師は診察するや驚き、すぐに紹介状を書くので、かかりつけの病院の医師に診てもらうように言います。

病院にその旨電話で伝えると、その病院の医師は、初めて「実は気になる数値がある」と言い、「検査のため入院するように」とのことでした。

夫は、すでに自分の体のなかに、それまでの感じとは違った異変を察知していたようでしたし、それは私にも少しは伝わってはいました。私は心のなかで、不安と闘い、それを

がんと告知されたのち、宗像市の自宅周辺をを散歩する。背後の山は城山

懸命に打ち消しながら、しかし、どうしても不安な気持ちで頭がいっぱいでした。そんな状態の私たちでした。

そして、八月二十日のことです。入院中の夫から、「午後、主治医から話があるので夫婦でくるようにと言われたから、二時前には病室に着くように」と電話を受け、私は胸騒ぎを感じながら病院へと車を走らせました。

内科病棟のなかの小さい部屋に通された私たちは、机を挟んでF医師と向かい合いました。

その背には、検査結果の写真が映し出され、医師はポインターで写真を指しながら、「このあたりに見えるのが『がん』です。膵臓《すいぞう》にがんが出来ています（高分化型管状腺がん）」と、こともなげに話されました。

それは私にとって、突如頭から氷水を浴びせかけられたような、大きな衝撃でした。夫にしても、内心思わなくはなかったかも知れませんが、でも現実にはっきり言葉で聞くと、それはやはり大きな衝撃だったと思います。

私は情けないことにガタガタと身震いするばかりで、医師の説明もよく頭に入らず、説明に対しても何の質問もできませんでした。

医師の去った後の私たちは、二人だけで落ち着ける場所もありませんでした。二人で夫の病室に戻っても、そこには他の患者さんはいるし、話をすることもできずに、しばらく時間を過ごしました。夫は、多分そのときの私を見るに見かねたのでしょう、「疲れただろうからもう帰ってもいいよ、家に帰りなさい」と言います。私は、促されるままに病院を後にしました。

身も心も震えが止まらない状態で、私は高速道路を一目散に走り、帰宅しました。家のなかで、一人ポツンと椅子に腰を下ろすと、どっと涙が溢れ、それからどのくらいの時間を泣いていたのか分かりません。

夕方になって病院から電話をしてきた夫は、これからする手術のことは話しても、がんという言葉は使わず、いつものように明るく話をしてくれました。その私への思いやりが私を一層悲しくさせます。

その夜、検査結果を待っている友人と弟に、このことを電話で知らせました。弟は一瞬声もないほどの驚きようでした。心配しながら報せを待っていてくれた、二十五年余りお付き合いさせていただいてる友人は、すぐに「分かった、すぐ行くわ」と言って、数日後には遠く山梨の地より駆けつけてくれ、夫が死に至るまでの間、そして、夫亡き後一人になった私を、大きな力で支えてくれることになるのでした。

わが子等が恩愛受けし君病みぬ見えし生命に如何に報いん　　知子

大手術　一九九六年九月五日

はっきりとがんと分かってからは、私も夫も、とにかく病巣を取って健康を回復しようと、それに向かって前進あるのみと、必死の思いでした。外科のF医師にすべてを賭けようという思いでした。

そのころ私は、夫の病気について、医師から詳しい説明を聞くたびに、不思議な思いに駆られたものでした。ふだん私たちは、自分自身のことでありながら、人間の体のなか、内臓の細かい働きなどを考えて生活したことはありません。でもその働きを図解入りで説明されてみますと、人間の体がいかに緻密につくられているか、そして、その働きの見事さに、不思議な思いと神秘さを感じたのでした。このとき初めて、神様の存在を身近に感じたものでした。

そして、神様からいただいたいのちなら、すべてを神に託して心を落ち着けるように努めようとしました。しかし、私の脳裏には次々と不安や気がかりなことが駆けめぐり、寝付けない日々の連続で、心は千々に乱れることが多くなりました。

手術（膵頭十二指腸切除術）は九月五日に決まりました。

夫の真面目な性格、自己管理のしっかり出来る性格をみてとった主治医のF先生は、手術直前までの外泊を許可してくださいました。

帰宅中の数日間は朝早く散歩に出て、人気のない近くの公園でブランコに乗ったり、カメラを持って出て、お互いを記念撮影したりと、二人だけのひとときを過ごしました。

写真を撮るときは、私は内心、もしかしたらこれが最後の写真になるかも知れない、と

コスモス畑の前で

思ったりしました。そんな私の思いと同じ思いを、彼もまた持っていたようです。そのことを、後日話してくれました。

手術前の検査に明け暮れた日々のなかでも、特に苦しい検査であった「胆管造影」のときのことを夫は、次のように書き記しています。

先生はこのとき、あたたかなユーモアで私の心を解きほぐしてくださいました。胆管造影の日、私は吐き気を我慢していました。そして迷っていました。吐いて胃のなかを空にすべきか、張ったまま造影するか？

先生にお任せしよう！

すると、先生はこう言われました。

「今のあなたが見てみたい！」

これで私の緊張が一気に解けて、嘔吐なしに検査出来ました。

ユーモアは万人の心をほぐし、癒し、勇気を与えてくれます。


手術の当日、午前七時前に家を出て病院に向かい、八時前には病室に入りました。当人は冷静に待っていてくれ、それから手術室の前まで送って行き、夕方近い四時過ぎまでの長い一日が始まったのでした。

前日、F医師からの説明のなかで、「開腹してみて、腹部に大きく拡がっているようだとそのまま閉じます、そのときは手術はお昼ごろには終わります」というような意味のことを言われていましたので、私たちは、お昼ごろの時間を一つの目安に待ちました。

そして午後も一時を過ぎたころでしょうか、交代で食堂で軽い昼食をすませ、少しホッとしたのでしょう。そして周りに人がいてくれるという安心感からか、私は、ついウトウトと眠ってしまい、同席した人たちを驚かせたようでした。

手術室送りて待ちたる時刻来たり医師の告げたる希望ある時刻　　知子

手術の前日、夫は、「手術自体は怖くないが、とても悲しい。六十四年間働いてくれた臓器の一部が切り取られることが悲しい。胃よ、十二指腸よさらば、膵頭部よさらば、胆囊よさらば！

それに、術後、これらの機能がどこまで回復するのか、不安。一生、薬物の世話になり食事制限や糖尿との戦いに明け暮れるか？」と書き残していました。

このころ私も不安でいっぱいの日々でした。そのような折り、遠くに住む姉から電話で、見舞いと励ましの言葉をもらいました。

姉は「人は病気になったから死ぬのではない。人がいのちをこの世で終えるのは、その人の持っている寿命なんだから、あまり気に病まないように」そして「必ず自分に耐えられる範囲の苦しみ、困難しかこないのだからしっかりしていきなさい」と言って、私を励ましてくれました。

それからは挫けそうになると、「いや、私には乗り越えられるのだ」と自分自身に暗示をかけるようにし、気持ちを鼓舞したのでした。そしてこの言葉は、その後の私をずいぶん支えてくれました。

夫のがんの手術も無事に終わりしと受話器の汝のやや明るし　美代子
夫を看取る妹励まし電話にてわが言ひし言葉今によろこぶ　美代子

手術後のウィーン・フィルハーモニー

手術後の経過は比較的スムーズに回復したようです。四日目の九月九日にはＩＣＵを出て一般病棟に帰ってきました。六日目には酸素吸入もやめ、点滴歩行器をつけて歩行訓練を始めるまで回復しました。

九月十一日朝、七時ごろ自宅の電話が鳴り、びっくりし、「こんな時間にどうしたのか、病院で何かあったのか」と、一瞬ヒヤーとして電話をとると、

「おはよう！」

夫の声です。この日から電話魔の夫の復活でした。

それからは日々、薄紙をはがすように、回復しているようでした。そんな折り、九月二

十二日の夜、突然の心臓発作に襲われたようでした。私は、そのことを、翌日病院に行って初めて知ったのでした。夫はそのときのことを次のように手帳に書いていました。

九月二十二日（日）

発熱（三八・二度）と嘔吐が引き金になったかどうか分かりませんが、二十二時ごろ、急に胸苦しさと脂汗で、思わず看護婦さんに救いを求めました。

このときに駆けつけていただいた看護婦さんたちの、機敏でチームワークの取れた行動に感動しています。また、急を聞いてすぐに駆けつけてくださった主治医、まさに「地獄で仏」と言うのはこのことかなあと思いました。

まず頭を低くする、胸を開く、ベッドを移動する、酸素吸入、ニトロダームをぺたぺた張り付ける、血圧測定、心電図、絶えず声をかける、先生に急報を入れる。これらを一糸乱れず互いに連携プレーしながら手落ちなくやり遂げる。

日ごろの訓練と心構えを見せてくれました。幸い私は一過性の心臓発作であったため、ことなきを得ましたが、看護婦の皆さんと、すぐに駆けつけてくださった先生のプロとしての責任感に大いに感謝いたします。

三週間、水一滴すら口にできない、厳しい術後を過ごす夫のベッドの周りには、お花とウォークマンとカセットテープがあるのみ。それからの日々は、夫は体を起こしては水彩色鉛筆とスケッチブックを友に、初めてのお絵描きが始まりました。

それまでの夫は、絵はもっぱら見るだけでした。それでも、年一回の年賀状にはカラフルな木版画を彫っていました。お花をスケッチしているときは気が紛れると言い、ときには主治医がベッドサイドにいらしても、少しも気がつかないほどの熱中ぶりでした。

三週間目にやっと水を口に出来るようになり、お茶、スープ、お粥と段々口から食物が摂れるようになっていきました。しかし、麻酔薬をしっかり使って、痛みを感じさせないという方法は、患者にとって楽である反面、ことの重大性を身に浸みて感じる機会をなくしたようでした。

たくさんの臓器の摘出、長時間の麻酔、体のなかはずいぶんダメージを受けているはずです。しかし、痛みは抑えられています。そんな状態ですから、点滴と痛み止めで、また夫の強気の性格が戻ってきて、周りの人の忠告に耳を貸そうとしないのには、少しばかり困りものでした。

そんな毎日のなかで、傷口の付け替え、容態の確認など、一日に数度はおみえになる主治医が、そのつど身体のどこかを手で優しく触って、必ず「もう少しの辛抱ですね」などと励ましていただきました。こんな主治医の励ましは、患者にとってありがたいことでした。このことは、夫の気持ちを落ち着かせ、安心し、主治医を信頼するのに、何よりの効果があったと思いました。

夫は、五月ごろ手に入れていた、ウィーンフィルのコンサートのチケットがあるのを思い出し、手術から四十二日目になる十月十七日のコンサートに、何としても行こうと、これを目標にし回復に専念していました。

その甲斐あってか、順調な回復と主治医の好意で、十月十七日を、私たち夫婦にとって記念すべき日とすることが出来ました。

前日には待望のお風呂に入り、久々にすっきりとし、十七日は一度家に帰りスーツに着替え、福岡市のコンサートホール、アクロスへと出かけました。

その夜の感激は、私の一生で忘れられない一夜となっています。小沢征爾とウィーンフィルの演奏を一番前の席で聴くことが出来ました。

その夜の「新世界交響曲」は、私たちの新しい息吹を祝してくれているかのようで、ほんとうに新しい世界へと、祝福しているようでした。生きていることの有り難さを、これほど身にしみて感激し、うれしく思ったことはありませんでした。

その夜、帰宅して、主治医にこの感激を伝えようと、感謝を込めて手紙を書きました。

退院、そして再入院

一九九六年十一月七日、晴れて退院したものの、喜びはつかの間でした。退院十日後の十一月十八日には、腸閉塞の疑いで再入院しました。それでもこのときは、十二月六日に退院することが出来ました。

そして、一週間を何とか家で過ごした十三日の朝、八時前でしょうか、夫は、突如下腹部の激痛を訴えました。体を海老のように曲げ、痛みと苦しみを訴えました。私は彼の体に何が起こったのか分かりませんでした。夫はただただ痛みに耐えています。

私は不安のなかで、急ぎ病院へ連絡しました。しばらくして主治医と連絡が取れ、指示されたボルタレン座薬を使いました。痛みが少し和らぐのを待ちながら、入院の準備をし、友人に車を出してもらい病院へと走りました。

病院へと向かう途中、夫の意識は朦朧とし、「視界が白くなるだけで何も見えない」と苦しそうに訴えていました。夫を支える私の胸の内は不安でいっぱいでした。

通い慣れた道とはいえ、高速道路を三五キロ、前後を入れると家から病院までは四五キロあり、時間にしても四〇分あまりかかります。本当にこのときほど病院が遠くに思えたことはありませんでした。

やっとの思いで病院に着き、診察していただいた結果、腸閉塞と血圧の急低下で危険な状態でした。応急処置をしていただきましたが、二日後には血圧は少し上昇したものの、白血球が多いままの状態は変わらず、ついに再度開腹手術をしてみることになりました。すると、腸に穴が開いて腹膜炎を起こしかけていたようでした。

その後もしばらく敗血症を起こす寸前の状態が続き、年末近くになってやっと一息つけるようになり、夫は、初めて年末年始を病院で過ごすことになったのでした。

一九九七年二月七日、やっと体調を戻し、今度こそ晴れて退院となりました。最初の手術から六カ月ほどたちました。

二月、三月、四月と、この間は体力はありませんでしたが、精神的にはとてもいい状態でした。食欲も少しずつ増し、ときには自らハンドルを握ってドライブに行ったり、コンサートにも行きました。また、遠来の従兄弟が訪ねてくれたことを、とても喜んで迎え、心から楽しそうに過ごしたり、ときには家事を手伝ってくれて、食後の後片づけを一緒にするような夜もありました。

これからは仕事を減らして、二人でゆっくり過ごす時間を持とうと言ったり、何よりも希望を持ち明るい表情でした。

三月、四月は花の季節です。小さなかわいらしいお弁当を持参して、東にチューリップの花を、西にツツジやボタンとお花見を楽しみ、幸せなひとときでした。

そのあいだに、それまでの疲れと緊張が緩んだのでしょうか、今度は私が帯状疱疹になり、久々に病院通いをしたりという日々もありました。

その当時の夫は、少なくとも近い将来への希望を持ち、一所懸命に体力の回復に努めていました。

再発、自宅療養

再発！　最も恐れていたことが起きてしまいました。そのことを本人は、データで示されるよりも早く自覚していたようです。何よりも手術前と同じような痛みが感じられるようになったことでした。

五月も下旬に入ったころでしょうか、庭に腰を下ろして、ひなたぼっこしている夫の後ろ姿に不安なものを感じました。

何を考えているんだろう、彼は声をかけにくいような雰囲気を漂わせていたのでした。それまでの明るさも影をひそめ、どうしたのかしら、不思議に思いながらも、あまりいちいち聞くのもうるさがられるだろうと、内心気になりながらそのまま日数を過ごしたのでした。

しかし、五月も終わりころになって、夫の「またお腹が痛いんだよね」との言葉に、私は一瞬息を飲み込むような思いで、何と返事してよいやらとまどいました。

「春からずっと調子よく食べていたから、少し食べ過ぎてるのでは」と言ってみましたが、そこで返ってきた言葉は、「いやそうじゃない、手術をする前と同じ痛み方だ」と言われ、私は返す言葉もなく、背筋を冷たいものが走るのを覚えました。

六月に入って、主治医よりはっきりと再発を知らされました。

その日は薬をもらうだけだからと、私が一人で病院へ行きました。その日、前回の血液検査の結果が出ていることは、二人にとって暗黙の了解でした。私は診察室でお会いした主治医からその場で再発の事実を告げられました。

主治医との相談の結果、本人は事実を知りたがるだろう、隠して通れる道ではないことだけははっきりしているので、事実を話しましょう、ということで主治医とは別れました。

しかし、この段階では、次の機会に主治医から話していただくものと、私は解釈したつもりでした。先生は私が話すと思っているようでしたが……。

「余命はどのくらい、と聞いてくるでしょうね。分かることは話しますが、分からないことは分からない、という線で」と話して別れましたが、私にとっても、やはり大きなショックでした。

昨年の九月の手術の後、主治医からは「今後厳しいものがありますよ！」と言われてい

再発が分かったのち、自宅にて。1997年６月12日

ました。そのときはその言葉が、何を指しているのかよく分かりませんでしたが、「ああ、あのことはこれを指していたのか」と、このとき、初めて分かりました。

それからはガタガタするだけ、何も考えられず思考停止状態です。

気持ちを落ち着けたい、初めの手術から九カ月、家に落ち着けるようになってから四カ月、何ということ。

それも再度手術をすることも出来ず、有効な抗がん剤もなければ、有効な治療法も何もなく、出来ることは痛みに対しての対症療法のみという、何とも残酷な現実です。私は成すすべもなく、そのまま涙の雨のなかを運転して帰りました。

家に帰り着き、車庫のシャッターを開ける音を聞きつけると、待ってましたとばかりに夫は出てきました。先生は何と言ったのか、と私の言葉を催促します。とにかく家に入り腰を落ちつかせてからと、お茶の準備をし、喉を潤して時間をかせぎ、言葉を探そうとしましたが、頭のなかには何一つ考えが浮かんできません。

催促はされる、咄嗟の嘘がつけない私の性格、今までは正直なのが良いところと夫からはよく言われたものの、このときほど苦しいことはありませんでした。でも下手な嘘をついたところで、すぐに見破られることは間違いありません。そこで問われるままに事実を、すなわちがんの再発を告白したのでした。

椅子に腰かけた夫を横から肩を抱き、頭を抱きかかえながら、再発後は手術もできないこと、効果のある薬もなく、痛みを取るだけの処置しかないことを話しました。

その先には、確実に死が待っている、私たちにとって悲しい死別が待ち受けていることだけを、無言のうちにお互いが胸のなかに納めました。

それからしばらくの間は二人で泣き濡れたものでした。あのときのつらさは今も鮮明に思い出すと同時に、悲しさも蘇ってきます。

その日の夕方、夫は主治医に電話をし「すべてを聞きました、覚悟の上、有終の美をかざりたいと思いますので、よろしくお願いします」と伝えていました。

電話での会話のなかで、「痛み止めはいくらでも出しますから」との主治医の言葉があったようで、「後になったら痛みが激しいんだろう」と夫が言っていたのが、今も印象に残っています。

病い経て再発告知受けし君勢い見せて宣戦布告す　　知子

限りある時間を生きる

死別を見据えての生活

再発を告げられてからの日々は、言葉で表現するには、あまりにも厳しい日々の連続でした。

夫は、六月、七月は地域福祉のボランティアの仕事——交流会の議事録作り、福祉会の会合の準備、記録、それに最後になるだろう新聞作り、それに職業としてのセミナーの講義の準備にありったけの力をつぎ込んでいたようでした。

しかし、私にすれば限られた時間しかないのだから、二人でゆっくり話もしたい、体調が許せるならどこか旅にでも出て、雑用に追われる家事から解放され、のんびり静かなところで一緒に過ごしたいという思いを持っていました。しかし、そのことは、なかなか分かってもらえませんでした。

お互いの思いが交錯するなかで、私は自分の思いを手紙に託して夫に知らせました。

同じ屋根の下にいながら手紙……。不思議に思われるかもしれませんが、あらためて自分の思いを話すというのは、その時間をどう作るのか、ゆっくり話をしてくれるのか、そもそも限られた時間のなかで、懸命に打ち込んでいる夫にこんなことを言っても、という思いもあり、手紙を書くのは、とてもいい方法のように思えました。

八月に入ると、夫は、遠来の見舞客や、永年お付き合いいただいた方々に手紙を書こうと、その構想をまとめるのに時間を使っていました。

八月後半になると、気持ちはずいぶん落ち着いてきましたが、少し弱気になり、先行きに対し悲観的な言葉が増えてきているような気がしました。

そして、八月も終わりになると、食欲は一段と落ち、下痢が続き、体力も目に見えて落ちてしまいました。そこで病院での点滴を開始していただきました。そのためまた病院に行く回数が増えました。

そんなある日、病院の廊下で主治医のＦ医師とばったり会いました。先生の方から話しかけていただいたので、我が家での状況を話し、今の夫の状態がどの程度の段階にあるのでしょうとたずねると、主治医の返事は、「今年いっぱい持つかどうか分からない、年が明けるまでは難しそうです」と言われます。

「でも分かりませんよ」と付け加えてはくださったものの、やはり医師の口から聞くと、いよいよ終着駅が見えてきます。カウントダウンの日々……。でも数えてる数字が分からないというのはストレスが多く、精神状態の悪い日々の連続でした。

再発イコール末期とは、思いもしませんでしたが、確かに病状の変化は早いものがあります。

昨年九月の手術の後、F医師の言われた言葉「今後厳しいものがありますよ」の意味はここを指していたのか、また内臓の大きな手術のあとなのだからと、食事についてたずねたときも「何を食べてもいいですよ」と言われ、不思議に思ったものの、深く考えなかった私は、初めてそれらの言葉の意味、その重さが分かってきました。

八月末、夫の四十通余りの手紙が出来あがり、投函したようです。近況報告としながらも、読んだ方はびっくりするような厳しい内容でした。

自分のがんを告白し、死が見えてきている現状を見据えて、自らの生きざまを分析し、残り少ない日々の過ごし方を綴ったもので、現在の自分自身を赤裸々に表現したものでした。私は、もらった方々が驚かれるだろうと、心配したりもしました。

この手紙には、多くの反響がありました。親しくさせていただいている方たちですから、当然でしょうけれど、驚いてすぐお見舞いにきてくださった方もありました。

夫は、たくさんの方からのご返信をとても喜んで読んでいましたし、お見舞いにきていただくと、本人も予想外だったのか大変な喜びようで、あんなに興奮して、嬉々として話している姿を、私は長い間見たことがありませんでした。

そんな夫の姿を見たとき、ああ、よかった、とうれしく思ったものです。

仕事を終えてからわざわざきてくださった方、長崎から車を走らせて駆けつけてくださった方、本当に有り難うございました。

それでも、そのころは、段々と体力が落ちるのが目に見えているのに、睡眠時間の少ない日が多く、横で看ている私には気がかりでした。そのときの夫は、精神的に興奮状態にあったのか、自分のいのちの残り時間を感じ

ていたのだろうか、と今にして思います。

そんな夫を看ていたそのころの私は、精神的に相当参っていたのだと思いますが、いらいらすることが多く、夫と話したいことはたくさんありながら、時間を逸しては寝付けずに、夜中に手紙を書いては、お買い物に出かける前に夫に手渡して出かけたものです。

手紙の返事はくれませんでしたが、気持ちは分かったと言うのみです。それでも、その手紙は、僕の宝だと後日話してくれました。


死別する日が現実に見えてくる。

「あなたのご主人のいのちはあと四カ月でしょう」

そう言われて動揺しない人がいるでしょうか。

「はっきりとは分からない」と付け加えられても、冷静に対処し絶望に陥ることもなく日々を過ごす、そんなことは、私には出来ないことでした。

当時の私は絶望と悲哀の入り交じった複雑な心模様でした。こんな気持ちは経験して初めて分かるとはいうものの、やはりどん底の日々でした。

夫と友人たちとの往復書簡

夫が書いた手紙のひとつで、長年、仕事上でご厚誼をいただいた方へ出したものです。

残暑お見舞い申し上げます。

長らくご無沙汰いたしていますが、その後如何お過ごしでしょうか。

私の闘病生活も、かれこれ一年になります。昨年の八月に入院して膵臓がんを告知され、九月に腹部の大手術をしました。十二月に、小腸の破裂で二回目の手術を経て、今年の二月に退院。順調な回復をしていましたが、六月の検査で再発の疑いが出ました。

今のところ、CTの映像では明確に確認されるほどではありませんが、食欲の減退、体重減少、膵臓からの痛みなど、好ましくない病状が進行しつつあるようです。

主治医の判断では、再手術は不可能で、効果的な抗がん剤もないことから、対症療法として、痛み止めを中心としたホスピスが私に残された唯一の道のようです。

顧みますと、昭和四十二年、日科技連FBCセミナーの講師で教壇に立って以来、三十年間、貴殿を始め諸先輩の方々にご指導とご鞭撻をいただき、更には、公私にわたりご厚誼頂き、誠に有り難うございました。

特に、何回かご一緒しましたQCサークル洋上大学や、本部主催の行事などの思い出が、懐かしく蘇ってきて、胸が熱くなります。

私は日科技連のよき時代、よき人脈に恵まれて、充実した人生を送らせて頂き幸せでした。お世話になりました皆々様に心から感謝致します。

私は「よく働き、よく遊べ」を信条として、与えられたチャンスを貪欲にむさぼり熱狂しました。定年退職後、冠婚葬祭業のS社に三年間、スーパー業H社に三年間、製造物流業のK社に四年間、月月火水木金金、北は旭川から南は沖縄まで駆けめぐり、移動中にも仕事をしました。「先方の喜びは我が喜び」に置き換え、第三次産業の仕事の面白さに陶酔しました。

結果として仕事人間として生きてこられた反面、「むさぼる心」「我を通しこだわる心」「短気でいらつく心」がストレスを生み、知らず知らずの内に心身を蝕んでいたようです。

「よく遊べ」ではオペラに凝り、有名なオペラの東京引っ越し公演には欠かさず行き、ストレスを解消していたかに錯覚していました。これは大きな間違いでした。不治の病を得て初めてこの間違いに気づいた訳ですから遅きに失したと言えましょう。

しかしながら、これも宿命。六十五年の生涯を燃え尽きるのですから「幸せ」と考えるべきでしょうか?

しかも、がん告知から一年、更に退院から半年間も家庭での温もりのある生活を送れたことに感謝すべきだと考えました。

これからは、私に残された余生を、いかに心残りなく生きるかを考えています。それは、やがて訪れる「死」への準備です。

この点から考えると、ある日、突然に訪れる死より、確実ではあるけれど緩やかに死が訪れる「がん」は、何と素晴らしいことかと思います。

私は、自らの死にざまをあらかじめイメージし、具体化し、選択し、プログラム化し、事前に布石すべきところは自ら着手し、遺族に委ねるところまでマニュアル化できるかからです。

出来得れば「自分史」を書き残したいと考えています。一時は「死」の予告で落ち込んでいましたが、ここに至り、「死を遊ぶ」余裕すら出てきました。

貴殿を始め、お世話になった方々にお礼とお別れの手紙、身辺整理、葬儀の進め方を決め、年賀状まで準備しておきたいと思います。

家庭療養が限界になれば、K病院へ入院し、余命一～二ケ月になったとき、ホスピス・ケア専門の病院に転院して、そこを私のファイナル・ステージにしたいと考えています。ただし、生還への希望は常に持続したいと思います。

がんと闘うのではなく共存し、出来れば向こうから出てゆくまで待ちたいのです。自ら死を受け入れ、冷静に対処すれば、奇跡を呼び込むことさえ可能かも知れません。一縷の望みを託して妻と心おきなく生きて参ります。

長々と私の近況と心境を書きましたが、どうぞお許しください。

最後に、お世話になりましたお礼と、先生のご健勝を心からお祈り申し上げます。

平成九年八月

中村　勲

この夫の手紙に対して頂戴した返信のなかから、いくつか掲載させていただきます。最初は、日科技連で一緒だった池部さんの手紙です。

拝啓　九月の声を聞くというのにまだまだ暑い日が続いております。

その後体調はいかがですか、先般日科技連で貴兄からの手紙を受け取りました。

只々驚きと同時に深い感銘と悔しさを覚えて、思わず涙がでてしまいました。

人間、かくありたいと思っても、いざ自分の身になると、こうも立派に覚悟が決められるかどうかさだかではありません。さぞかしつらく厳しい日々であったろうと心よりお見舞い申し上げます。

貴兄から毎年届く素晴らしい版画の年賀状は、家内ともども楽しみにしておりました。

今は敬服と励ましの言葉しか申し上げられませんが、貴兄から教えられた偉大な決意を胸に刻み、小生もこれからの人生、大事にしていきたく思っております。

病床からの心温まるご挨拶、本当に有り難うございました。

奥様ともども頑張ってください。

敬具

八月二十八日

池部信夫

中村殿

中島さんからいただいた手紙です。

この度は思いがけないお便りをいただき、ただただびっくりしております。封書の表書きの文字が違うと思いましたが、まさかこんなこととは想像もしませんでした。

あのお便りを拝見して何と申し上げたらよいのでしょう。なまじの慰めや励ましも嘘になりそうです。すでに清澄な境地に達せられた中村さんには「お心静かに」と申し上げるより、何も言えません。

それにしてもすばらしいお手紙でした。人間の強さを感じました。私はこのような人生の達人とお付き合いいただけたことを誇りに思います。

そして失礼とは存じましたが、家内と三人の子供にも読ませました。そして大切に保管しておくつもりです。

私の拙い年賀状を楽しみにしていただいたとのこと、恐縮です。実は毎年押し詰まってから年賀状で苦労するものですから、どう手抜きするか、いっそ止めようかなどと考えたこともありますが、思い返して続けられるだけ続けてみようと思います。

束の間のお慰めにでもなればと、花を送ります。ご笑納ください。

一九九七年　九月四日

中村　勲様

中島賢一郎

谷川さんからのお手紙です。

拝復

秋とは言えまだまだ残暑厳しいものがあります。

貴殿を始めご家族様には如何お過ごしですか、私去る九月一、二日福岡（博多）で中小企業経営者の研修を終え、三日午後より九月四、五日滋賀県長浜市で開催するヤンマーディーゼル二日間研修に行くため、自宅を出るときに玄関で郵便配達人から直接受け取ったのがこのお手紙でした。

ご無沙汰ばかり致しており、一年に一度の年賀状が唯一お互いの交流で健康の確認でした。昨年貴殿が大手術をされたことは知っていましたが、全快に近いものと信じていました。

何で今頃お手紙を頂いたのかなあ……と思い早速車中でビックリ、身体の血の気がスーッと引くのを覚えました。と同時に瞬間やっぱり健康が第一で感謝しなければならないなあと感じました。

お手紙を読んでまず反省をしたのは、生意気にも私は「オレの人生には卒業はない」とか、「オレは生涯現役」だと豪語していました。貴殿の手紙を読んで恥ずかしさでいっぱいです。

このことが「憎まれっ子世にはばかる」と言うことでしょうか。……このお手紙を書かれるまでに相当悩まれたことでしょう。心の整理と言っても簡単にできるものではありません。本人のみが分かることです。

人間みな同じ死の恐怖があります。いつ死が訪れるか分からないので生きておられるのでしょうが……。やはり病気にかかり、「不治の病」死の近づきを自分で感じると言うことは大変なことです。しかし、

一、この世に生を受けた者は、遅かれ早かれ必ず死を迎えます。

二、私は一応キリスト教信者ということになっていますので、亡くなったと言いません。「天に召された」と言います。この手紙を書いているとき元ダイアナ妃とマザーテ

レサの葬儀をテレビで観ました。
三、人間の生きざま（生き方）死にざま（死に方）はいろいろあります。
四、私の妻が平成四年二月膵臓がんで一カ月の入院でこの世を去りました。（家内は仏教徒です）結婚以来三十五年間病気はなに一つした事はなかったのです。死ぬ一カ月前に人間ドックで発見され、その時点ですでに肝臓にも転移していました。診断は一カ月しか持たないとのことでした。でも医者曰く、一年半位前に発病している状態だったが、膵臓がんは手術が不可能に近いから、妻（本人）と私がそれを知らないで今日まで来たことは不幸中の幸いですと説明されました。

亡くなってから娘と二人暮らし、早四年半が過ぎました。現在まで主婦業に会社務め（平成八年九月末日）、町内会の副会長二年（今年三月末で無罪放免）、相変わらず全国講演、講義で東奔西走中、毎月二回のゴルフの付き合い、よく身体が持っているなあと思っています。

そういった事からも貴殿のお手紙はいろいろと考えを深くし反省と対策を講じるものがあります。

でもここで大切な事は、がんと友達になってつき合っていくということと、あなたがいなくなったらがんもダメになると言うことです。体内のがんの為にも思いきり生きてください。

今からあまり身辺整理をしないでください。ある程度の開き直りの気持ちも不可欠です。

こんな諺もあります。

六十歳は人生の花。私は昭和六年五月三十日生まれ六十六歳です。
七十歳で迎えが来たら「留守」と言え。
八十歳で迎えが来たら「早すぎる」と言え。
九十歳で迎えが来たら「急ぐな」と言え。
百歳で迎えが来たら「ぼつぼつ考えよう」と言え。

もう一度ポジティブ（プラス指向）で日々を過ごしてください。貴殿も言っておられる「私に残された余生を如何に心残りなく生きるかを考えて……実行する（ＰＤＣＡを廻すことです)」。

これが重要課題です。

西堀先生（第一次南極越冬隊長）が亡くなられる一年前に大阪にこられて食事を一緒にしたときに、私はもうすぐあの世に行くが、あの世に行っても極楽には行かない、極楽ではすの花の上に座ってじっとして居るのはイヤだ、それよりも地獄に行って針の山を登山している方が合っているとのこと。……君も後から地獄へこいと言われ、先に行って待っているよ……と。

私はまだまだこの世でＱＣをやります、なかなかあちらへは行きません。と言って別れたままです。五年前に亡くなられた。亡くなられる二日前に洗礼を受けてキリスト教の葬儀で。

今泉先生も石川先生も水野先生も他界されました。今頃あの世でＱＣ理論をガヤガヤワイワイやっている事でしょう。

貴殿の心境を察するに余りありますが、とにかく精いっぱい生き抜いてください。

私も同封資料の如くＱＣ以外の経営者研修にも頑張っていますが、最近は肉体的にも疲労の回復には少し時間がかかるようになりました。

常日頃他人には健康第一だから気をつけてください、と言っていますが、自分の事になると全く健康管理はダメですね。

中国では医者は病気を治すのではなく、身体を治すのだと言われています。また、医者は三十パーセントで、病気を治すのは本人が七十パーセントだとも言われます。

病気は気の病ですから……とりとめのないお話になりましたが、明日を生きるという希望は決して捨てないでください。

「死の準備は必要ありません」。死ぬまで現役で。今が大切です。

「仏壇は後の祭りのするところ」です。

生きていると言うことは本当にすばらしいことです。

末筆ながら、貴殿はもとよりご家族の皆様方ご自愛専一を心からお祈り致します。

乱筆乱文にて失礼致します。ではまた！

敬具

平成九年九月七日

谷川弘二

中村　勲様

夫が愛し、好んだ詩に次のものがあります。

青　春

サミュエル・ウルマン

青春とは人生のある期間ではなく、
心の持ちかたを言う。
薔薇の面差し、紅の唇、しなやかな手足ではなく、
たくましい意志、ゆたかな想像力、炎える情熱をさす。
青春とは人生の深い泉の清新さをいう。

青春とは臆病さを退ける勇気、
安きにつく気持を振り捨てる冒険心を意味する。
ときには、二十歳の青年よりも六十歳の人に青春がある。
年を重ねるだけで人は老いない。

理想を失うとき初めて老いる。

歳月は皮膚にしわを増すが、熱情を失えば心はしぼむ。
苦悩・恐怖・失望により気力は地に這い精神は芥になる。

六十歳であろうと十六歳であろうと人の胸には、
驚異に魅かれる心、おさな児のような未知への探求心、
人生への興味の歓喜がある。
君にも吾にも見えざる駅逓が心にある。
人から神から美・希望・よろこび・勇気・力の
霊感を受ける限り君は若い。

霊感が絶え、精神が皮肉の雪におおわれ、
悲嘆の氷にとざされるとき、
二十歳であろうと人は老いる。

頭を高く上げ希望の波をとらえる限り、
八十歳であろうと人は青春にして已む。

暁君との交流

子供のいない私たち夫婦にとって、何よりも嬉しかったことは、友人ご夫婦のお子さんとの交流があります。二十五年余親しく行き来させていただきました。

子供好きの夫にとって末っ子であるその子、暁君との付き合いは、生まれて数カ月のころに始まり、幼稚園、小学校、中学、高校、そして大学生にと、成長していくさまをつぶさに観ながら交流出来たことは何事にもまさる喜びでした。

余命長くない夫にとっては、海外勤務中の彼に再び相まみえることはできないと考えたであろうころに、再び逢えるときをつくってくださったことは、どんなに大きな喜びであったかはかり知れません。

「おじちゃんに会いにきてね」と夏の夜にタイ国に住む吾子にふみ書く　　知子

最後に再会が決まったときに夫が出した手紙と、夫の死後一年近くたっていただいた暁君の手紙です。

暁君へ！

暁君のお見舞い帰国の報せを聞いて、私は涙が止まりませんでした。とても、私が存命中には逢えないものと思っていました。

暁君なればこそ、極多忙中にも関わらず、私の見舞いのために急遽帰国して戴けるものと思います。本当にありがとう！

君のFAXの後で、八月十日、関西空港着の連絡も受けました。新大阪に出て、新幹線できてください。

私の病状ですが、六月三日の検査で膵臓がんが再発していることを、六月九日に告知されました。しかも、再手術も抗がん剤もなく、医療面では打つ手なく、「静かに家庭療養に努めてください。痛み止めには懸念なく」との告知でした。

その後、二回目の検査結果も、がんマーカーの数値は進行を示しており、肝臓悪化の結果も出ました。私には、確実に死が迫ってきています。

でも、万が一の自然治癒を期待して日下、厚い信仰心で朝晩のお勤めや、善行を積み上げる努力を繰り返して居ます。

このようになったのは、私の何事に対しても「貪る心」「怒る心」「いらつく心」が、何時しかストレスを溜め体を蝕むことを許したのでしょう。

私は、今まで「よく働き、よく遊べ」を信条として、ガムシャラに生きてきましたが、これによって他人を傷つけたかも知れない（特に浩子に）のに、気づくのが遅かったと反省しています。勿論、暁君の忠告はもっともだと思います。

暁君に逢えたら、積もる話があります。また、私が仕事で長年蓄積した膨大な知的資源は、未整理ですが、君に役立つものがあれば残していきたいと思います。私には、資料整理の余力はもうありませんが、君に見て戴ければ幸いです。

ただ、私の見舞いだけの君の帰国は、君のご両親に対してすまないと思っています。

私は、暁君を我が子のように思っています。何か特別な縁というか、宿命というか、運命的な強い繋がりを感じます。また、そのように仕向けて戴いた君のご両親に感謝しています。

暁君と逢える日を、何よりも楽しみに待っています。
平成九年七月二十九日
中村　勲拝

暁君からいただいた手紙です。

少しの近況、そして、おじちゃんについて
ＦＡＸありがとうございました。

ところで、九月十日から十八日までオランダに行っていました。自由で、いろいろな人々が住んでいて、そのなかで、個々が自分のスタイルで生きている、そんな印象を持ちました。

そうしたところから、ちょうど帰ってきて、また仕事か……と、憂鬱になっているときにＦＡＸをもらって、いい気紛らしになりました。

オランダには休養で行ってきたのですが、楽しかった分、現実に戻るのが大儀に感じられた時期だったので……。そして今日二十一日から仕事に戻り、非常に大変でしたが、何とか終わることができました。この仕事は人間が非常に関係してくるので非常に疲れると改めて実感しました。……全く嫌になってきますが、これが僕の仕事です。

ＦＡＸを読んでいて、改めておじちゃんのことをしみじみと想いましたが、僕にとっては、親友であり、父親であり、先輩であり、兄弟であり、競争相手であるような、すべてを話し、分かち合える大切な存在であったと思います。

だからこそ、いつでも僕のなかに存在しています。今となっては、現実のなかでは会えませんが、しかし、夢のなかや、自分で話しかけたり、相談するような感じで、おじちゃんの存在を感じることができます。ずっと僕の心のなかに存在し続けることでしょう。おばちゃんにとっても、それは変わらず、いやもっといろいろな想いがあることでしょう。

おじちゃんも、おばちゃんが気分一新したり、幸せでいることを楽しく思っているはずです。

おじちゃんの性格というか印象については、書いたように、心のなかではいろいろな存在であるので、一言で親切とか優しいとは言えませんが、すべてにおいて誠実であったと思います。だからときに、それが自分に対してなら、頑固に思えただろうし、他人に対しても、親切であったり、優しかったり……と様々な表情があったと思います。

しかし、自分のなかに卓越したバランスで確固としたポリシーや美学、柔軟さ、客観さをもっていたので、八方美人や、優柔不断な印象、逆に傍若無人な印象を他人に持たせるようには決してならなかった、そういった人間味を持った人でした。

もちろん万人とは、誰もうまくやっていけないので、悪い印象を持った人もいたかも知れませんが、それはそれでかまわないと思う。周りの評価は評価でしかありません。

このおじちゃんの人間味は、僕に非常に大きな影響を与え、お手本になっていることは間違いありません。少し誉めすぎたかな……（笑）でも事実です。

今回は、気の向くままにおじちゃんについて書いてみました。

また、次の機会に詳しく近況も話せればと思います。

一九九八年　九月二十二日

タイ　チェンマイにて

大澤　暁（二十五歳）

ホスピスで迎えた最期

福岡栄光病院に行く

夫との死別……、それは必ず起こることなのに、それまで私は、そのことをあまり考えたことがありませんでした。出会いがあれば、必ず別れがあるのです。それなのに今の生活が未来永劫続くような、そんな気持ちで暮らしていたことに、初めて気がついたものでした。

愛する人と別れるのはつらい、愛する人が苦しむのを見るのはつらい、出来るだけ一緒のときを過ごしたい。どうしても別れるときがくるなら、なるべく心安らかにそのときを迎えたい、それにはどうすればよいか、と考えたとき、私の頭に浮かんだのは、ホスピスでした。

幸いなことに福岡には福岡栄光病院というホスピスがある、でもこれを夫に何と話し出せばよいか悩みました。死を見つめた生活をおくっているとはいえ、ホスピスのことを、具体的に話すのは、もう最後だと言ってしまうことのように思われたからです。

ある日、見舞いに寄ってくれた友人が、「私の名前を出して話を切りだしてみれば」と言ってくださいました。それをきっかけに、「友だちから聞いたのだけど」と、夫に話してみると、思いのほか話がスムーズに進みました。

翌日にはそのホスピスの先生（下稲葉康之氏）の書かれたものを読んでもらい、ホスピスのことをより理解してもらおうと、また友人に頼み、彼女の持っていた雑誌からコピーをしたものをＦＡＸで送るという、彼女にとって慣れない作業に取り組んでもらいました。おかげで彼女はしっかりＦＡＸ機の使い方をマスターしたようでした。

その翌日の八月七日には、とにかく病院を見に行ってみようということになり、夫は久々にハンドルを握り、私は地図とにらめっこのナビゲータとして出かけました。お昼ごろには栄光病院に着きました。

初めての福岡栄光病院です。紹介もなく突然の訪問となりました。見学のつもりで、玄関を入ってすぐの受付にいる女性に、おそるおそる「ホスピスを見せていただきたいのですが」と声をかけると、にこやかに、「分かりました。しばらくお待ちください」と言われ、ホッとしたのでした。

そこで出会ったのが、今も親しくお付き合いさせていただいてる石田さんです。後で分かったのですが、彼女も十年余り前にご主人をがんで亡くされていたので、私たちのような二人連れがたずねてくると、すぐに察してくれたようでした。

しばらくすると、広瀬総婦長がおみえになり、自ら病棟を案内してくださいました。院内はアットホームな雰囲気で、病院ぽく感じませんでした。

一通り見せていただいた後、ロビーのテーブルを囲んでお話をしていると、お留守だったホスピス長の下稲葉先生の姿を目にした総婦長が、「先生がお帰りになられたようです、お会いになりますか？」と聞かれました。

私たちは顔を見合わせ「はい、お願いします」と応えますと、すぐに連絡をしてくださいました。

その場に下稲葉先生がおみえになりお会いすることができました。下稲葉先生からは、とても温厚な心の温かさが伝わってくるような印象を受けました。

そこで私たちは、夫の病状の経過と現状を話し、子供がなく親類が九州に一人もいない私にとって、覚悟はしているといっても、実際に夫の死に直面したとき、私自身がどんな状態になるのか想像もつかず不安だということを話しました。

そのときの私は、こともあろうに下稲葉先生に「私を助けてください」とお願いしました。

私たちにとっては膵臓がんの手術後九カ月にしての再発、有効な治療法のない現状では、その先には確実に死別があることは、もうはっきりしたことでした。

そして、死別が現実になったとき、私の精神状態はどうなるか、私自身が予想が出来ない不安でいっぱいでした。夫は、そうした私の状態を知っていて、そのためには考えられる布石はしておこう、サポートをお願いできるところがあればお願いしようとの思いがありました。

下稲葉先生、広瀬総婦長と、今まで病院関係者では出会ったことがない、温かみのある方々でした。これからの私たちには、ぜひこれらの方々のお力を借りなければと、と私たちは心に決めました。

死を見つめての生活

八月の後半になってからの夫は、食欲も段々細り、さらに下痢に悩まされていました。しかし、精いっぱい気力を奮いたたせていたようです。お見舞いにいただいた花盛りを前に、またスケッチブックを開き、年賀状用にと描き始めたりしていました。口から摂れる食べ物が少なくなり、水分の摂取量も少なく、また点滴を始めました。それと同時に訪問看護ステーションから看護婦さんにきてもらうようにしました。

死を見据えながらの二人だけの生活で、精神的に挫けそうな日々のなかを、週に二、三回ですが、訪問看護婦さんという別の人が入るだけで、私にとって気分的にとても楽なものがあり、夫も若い看護婦さんを相手に気楽に話が出来る時間を持てたのは幾分なりとも気分転換になったと思います。

在宅の場合は、訪問看護婦の方がきてくださるのは医療面のみならず、患者、家族にとっても精神的にプラスするものが多いように思いました。

それでも、厳しい状況であることは変わりません。毎日つねに相手の姿が目に入る距離での生活、私にとっては本を読む間もなければ、手紙を書く間もなく、また、ベッドに入りホッとすると、今度は止めどもなく涙が流れてくる。横にいる夫に気づかれてはと思い、すべてをかみ殺すように耐えていましたが、ついに一人の時間がほしくなり、初めて寝室を別にしました。

九月末になり、いよいよ痛み止めにモルヒネを使い始めました。

ＭＳコンチンを服用して二日目、久々に気分が良い、と機嫌がよく、その日車椅子を持参して福岡市立美術館へターナー展を観に行き、その後大濠公園を散歩し、久しぶりの福岡の街を喜んで眺めていました。

がんの告知みづから求めて知る汝の今日は美術館に出てゆきしと聞く　　美代子

十月に入り、夫は、かねてより気にかけていた母親の十三回忌の法要を、ささやかにすましたのを境に、一段と体力を落としたようでした。それでも私の為だったのでしょうか、二、三度近くの海岸へ行ったり、満開のコスモスの花を見に行ったり、若いころよく行った門司の和布刈海岸へドライブと、一所懸命に思い出づくりをしてくれたようでした。

しかし、それは夫にとって、肉体的にも精神的にも大変なことであったと思われ、後になって考えると本当にこの愛の大きさには感謝するばかりです。

このころになると、主治医からは病状の詳しいことは一切お話しくださらなくなりました。

このころの病状を知ったのは、夫が亡くなり、相当時間がたってからのことでした。

十一月に栄光病院へ転院したのですが、この日、訪問看護婦さんが同行してくださいました。その日、看護婦さんは夫の状態を担当医師にたずねたそうです。

「手術した部分が癒着し、その部分ががんと団子状態になっていて、いつ大出血しても不思議ではない」という状況だと言われたそうです。

今思うのは、その当時聞かされず、知らないということは良かったのではないかということです。

私は、知っていたなら怖くて怖くて、夫と外出なんかする気持ちにはならなかったでしょうし、自宅

療養を何よりも希望した夫に対して、私は自分の不安から在宅を拒んだかもしれません。その意味では、K病院の主治医F医師の沈黙に対して感謝しています。

何ごともすべてを知るのが最善ではなく、知らないのも良いことかもしれません。おかげで、私は最後まで夫に対して、今まで通り自然体で、といえば聞こえは良いですが、わがままを通してこられたのでしょう。

病む夫の残る命を知りてなほ明るくふるまふ妹あはれ　美代子

十月二十五日夜、一足先に寝室に入った夫を見届け、別室で手紙を書いていると、突然やってきた夫は、少し話をしてもいいか、と言い、何を言うのかなと思っていると「自分は死期が近づいているような気がする」と言います。私は一瞬びっくりして返す言葉もありませんでしたが、でも多分夫は、本当にそう感じたことなのでしょう。

再入院、そしてホスピスへ

一九九七年十月三十日、便秘がひどく遂に公立病院に入院、出来るだけ自宅で過ごしたいと希望し、自宅療養を心がけてきましたが、また入院生活です。でも、このときはまた退院できると思っての入院でした。

入院しましたが、大量の点滴でみるみる腹水がたまり、お腹は異常な大きさになり、薬の副作用と環境に耐えられず、転院を決意しました。体が病んでいるときは、心も病むと言う通り、そのころ私たち二人とも、精神的に追いつめられ、極限状態にあったのだと思います

末期の状態での再入院。外科の主治医にとって、末期がんで有効な治療法のない患者は、心の重いものがあったことでしょう。ベッドサイドにきても以前のような接し方ではなく、少し距離をおいて立ち、必要なことのみ話すとさっさと引き上げるといった状態でした。このような主治医の姿勢を、夫は敏感に読みとっていて「先生は逃げ腰だ」と言ったものでした。

転院先は、前もって予定していたホスピス病棟のある栄光病院です。

十一月十二日の昼ごろには栄光病院に着きました。急な入院のため、当初は相部屋と言われていましたが、幸いにも個室が与えられました。それも八月に初めて訪れたときに案内されて見せてもらった部屋でした。

窓の外は広びろとした眺め、すぐ前の小学校からの可愛いにぎやかな声に、ふと忘れていた和やかさを思い出させてくれました。

転院したその日は、水曜日で午後から交わりの集い（よきおとずれ会）がロビーで開かれ、夫は看護婦さんに伴われてその場に参加し、お話を聞いたり、讃美歌に口を合わせている姿にほっとすると同時に、何とも言えない安堵感を覚えたものです。

しかし、そんな夫を見ているうちに、こんどは私の方が涙が止めどもなく流れ、どうすることもできず、一人で病室にいました。すると、いつの間にか看護婦さんが静かに傍らにきて、背中に温かい手を差しのべられていました。

転院して共に過ごす時間が増えたものの、当初私は三日に一度は家に帰って寝るようにしようと考えていました。私は、転院で環境が変わったことが、夫にしっかり認知されていないとは考えもしませんでした。

十一月十二日、転院したその日は夜遅く自宅に帰り、翌日はいつものように、夫は何時ごろくるか、と電話をしてきました。十三、十四日と病室で二泊し、久々に横にいる私を見て嬉しそうな表情を見せ、そっとベッドの脇から手を差し出してきたので、私が握り返すと安心したのかすぐに眠りについたものでした。

十五日、夫は、一日の大半を眠って過ごし、午後入院以来はじめてお風呂に入れてもらってパジャマを着替えさっぱりした様子でした。でも、頭がへんだと言い、心を閉ざした感じに見えました。四時過ぎ、私は、少々気にはなりましたが、看護婦さんに今夜は自宅に帰る旨を伝え病院を出ました。

その夜は帰宅後ほどなく、二度電話をしてきたのを最後に、それ以来夫からの電話はありませんでした。

十六日、電話がないので不思議に思いながら、隣家に当分留守にする旨伝えたり、友人に家の鍵を預けたりと雑用を片づけて、四時近くに病院に着くと、夫はベッドで眠っているような様子でした。声をかけると目を開け、起きあがったものの無表情、無反応です。

そのうち一人で歩いてトイレへ行き、それからというものまるで今までとは別人のような振る舞いです。聞けばその日、一日中廊下をうろうろ歩いてばかりとか。目はうつろで、まるで

夢遊病者のようです。

そうしてときおり口をついて出る言葉は「帰る」「ごめんなさい」「もうだめだ、家へ帰ろう」と、狂ってしまったのかと思うような有様です。いったい何がこうさせたのか、あまりにも悲しい姿に啞然としました。

うわごとのように出る言葉、今まで胸のなかで気にかけ、心配し、案じていたことが凝縮されて出てきているようで、私は胸が押しつぶされそうでした。

夫の心のなかで、一所懸命に理性で押さえていたものが、制御できずに溢れたかのようでした。

心因性による錯乱、それとも心がパンクしたのかしら。そういえば昨日は涙をいっぱいためた目で眠ったように横たわっていた、今日は顔が泣いている、というような状態でした。

死を受け入れるにはこんなにも心が苦しまないといけないのかしら。私は何にもしてあげられない、私に出来ることは何があるのでしょう。本当につらく悲しいときでした。

この日は日曜日にも関わらず、ホスピスでの主治医下稲葉先生は夕方おみえになり、夫の異様な状態を休ませようと、鎮静剤を処方して飲ませた後、眠りにつくようにと子守歌を歌ってくださいました。それはシューベルトの子守歌、それもドイツ語で、不安で緊張していた夫、そして私の心を和ませる最高のプレゼントでした。

ホスピスでの日々

下稲葉先生は実によく病室におみえになりました。ベッドサイドの椅子に腰を下ろし、目線を低くして患者の顔に近いところでお話をしてくださるし、あるときは中村さん、あるときは勲さんと親しみを込めて呼びかけてくださいます。

肉体の苦しみのみならず、精神的な悩みや苦しみ、気がかりなどの有無をたずね、出来ることはお手伝いしましょうと、牧師さん、パストラル・ケアワーカー、看護婦さん、スタッフ皆さんで関わってくださいます。夫も段々心を開いていくようになり、一日一日と落ち着きを取

り戻し、穏やかな表情になっていきました。

主治医の下稲葉先生は、よく病室で歌を歌ってくださいました。それは讃美歌であり、また誰もが知っているような歌であったりと、とてもいいお声です。一服の清涼剤であり、心和むひとときでした。

あるときは、夫が柿が食べたいと言って、注意するのも聞かず食べ過ぎ、下痢をしたので私が少しきつく注意すると、その出来事を夫はロビーで話したのでしょう、すると下稲葉先生は童謡の「叱られて」を唄ってくださいました。その前でしょんぼりうなだれたように車椅子に坐っている夫の姿、いま思い出しても微笑ましいような懐かしい光景です。

病棟の真ん中にあるロビーは、患者や家族の人と一緒にお茶を飲んだり、お喋りを楽しんだり、ピアノを弾く人、ＣＤで音楽を楽しむ人など、各自が楽しみ、そして交流を持てるところです。

私たちも何度か病院で出会った人々と、三時のティータイムを楽しませてもらいました。また、私にとってのロビーは、夫が眠っている間ほっと一息入れることの出来る場所でした。しかし、そうすると今度は私の涙がどっと溢れ出ます。

日々体力が衰え、弱っていく夫を見ながらも極力ふだんどおりに、涙は見せないようにしているだけに、その反動でしょうか、私は、一人になると心の制御が出来なくなり、涙が溢れ落ちてしまいました。そのようなとき、いつのまにか看護婦さん、婦長さんがそばに静かに寄り添ってくださいます。これは何とも言えず有り難いものでした。

人が涙するときは、人知れずそっと一人で涙したいときや、また人の温もりのなかで涙したいときもあるように思います。くやし涙は前者に、悲しい、つらい状況のもとでの涙は後者になるのではないでしょうか。そういう意味では温かい手を差し延べてくださった婦長さんたちに今も感謝の気持ちでいっぱいです。


語り合う日々を重ねて穏やかなこころ生まれしホスピス病棟　　知子

奥さんを愛していますか

十一月も下旬になると一段と肉体の衰えは顕著になってきているものの、精神的には落ち着き、死を受容してきているようでした。

このころは、休日を使っての遠来の見舞客や、日ごろから楽しませてもらっている友人の息子さん夫婦と可愛いお子さんたちの来訪を、この世で会うのは最後と覚悟しながら、楽しいひとときを過ごしたようでした。そして、六十五年間燃やし続けたいのちの灯火が、だんだんと残り少なくなるのを感じていたことと思います。

ある日の夕方、下稲葉先生のお得意の質問「奥さんを愛してますか」が出ました。

私たちは、お互いの気持ちはしっかり分かっているものの、改めてそのようにたずねられると、夫は何と言うのだろうかと、私は少しどきどきしながら返事を待ちました。

静かに口をついたのは「とても、とても」という言葉でした。気持ちをしっかり込めての返事に、私は涙がこぼれそうになる一瞬でした。

ホスピスに移ってからは、それまで服用していた数種類の薬も徐々に少なくし、鎮痛剤のみになりました。そして何より不思議なのは、最後の十日余りはほとんど痛みを訴えることもなくなり、モルヒネすら止めてしまいました。

そのかわりではないでしょうが、最後まで少しずつながらも、食べ物を口にすることができました。

十月の半ばごろ、一週間か十日間位だったでしょうか、食べ物の絵を何枚も描き、「食べたいな」と言います。

見れば、かに、エビ、松茸と夫の好物ばかり、一瞬贅沢と思ったものの、用意しますと、大喜びで美味しいと、不思議なほどよく食べました。その後はまた食欲をなくしたのですが……。

また、十一月終わり近くには、ピザパイが食べたい、ぜんざいが食べたいと不思議なものを要求しました。これらもほんの一口程度食べただけですが、本人は大納得でした。

そして、リンゴジュースやアイスクリーム、チョコレートなどをよく口にしてはご機嫌なときを過ごしていました。

夫が最後まで食べる楽しみを持っていて、少しずつですが、食べることが出来たことを、私は本当によかったと思っています。

私も驚いたのですが、死の数時間前、八時間前ぐらいになるのでしょうか、確実には分かりませんが（私はすぐ横で熟睡していました）、明け方にアイスクリームを一カップ食べていたのです。ナースコールで看護婦さんにお願いして、私を起こさないように頼み、アイスクリームを食べさせてもらったのでした。

「美味しい」と幼な子の子のごと微笑みて大切に食す少量の菜　知子

留守電に応えなければ病む夫を看とりて家にはをらぬ妹か　美代子

忘れられない夕焼け空

十二月四日、午前中に血小板を輸血していただきました。小康を得られるよう、祈るような思いで見守りましたが、危険な状態に変わりありませんでした。

ついに死後のこと、お葬式をどのように執り行なうかを、考えなければならないところまできました。夫の気持ちを一番に、私たちらしいお葬式にしたい、という思いだけは、はっきりしていました。

まだ元気だったころ、死がはっきりと見えないころ、夫は、お葬式についても自分できっちりとマニュアル化しておこうと言っていましたが、死が徐々に現実化するにつれてそれは出来なかったようでした。

心がけながらも、言葉に出せなかったのでしょう。葬儀のことは、話す側にとっても、また聞く側にとってもつらい言葉です。元気なときにはあまり抵抗のないことでも、本当に厳しい現実のなかにあっては、なかなか口にできない言葉でしょう。


主治医の下稲葉先生が、ベッドサイドでお葬式の話を切りだしてくださいました。

「勲さんお葬式のことなんだけどね」と、先生がゆっくりと語りかけると、夫は「それが気になっていたんです」と堰を切ったように言葉を返しました。

「先生、看取ってください、そして讃美歌で送ってほしい」と話しました。こうして病院でのお別れ会が決まりました。

その日は夕焼け空の大変きれいな夕暮れでした。茜色に染まった空が、段々暮れていくさまは、私たちに共に過ごせる時間の少ないことを暗示しているかのようでした。

あの日の夕焼け空、今も目に焼き付いています。思い出せば涙がこぼれそうになってきます。

その後、森山牧師が病室におみえになり、少し聖書を読んでくださり、またしばらくの間静かに、楽しくお話をしました。一年前に手術の後に行ったコンサートの話や、聖書のことを話しましたが、そのときの話のなかで印象に残っている言葉があります。

私はそれまで聖書を読んだことはありませんでしたが、次の言葉は何かで読んでとても気に入っていたのです、それが聖書のなかの言葉だと初めて知ったのでした。


空の鳥をよく見なさい。種も蒔かず、刈り入れもせず、倉に収めもしない。……野の花がどのように育つのか、注意して見なさい。働きもせず、紡ぎもしない。しかし、言っておく。栄華を極めたソロモンでさえ、この花の一つほどにも着飾ってはいなかった。

（「マタイの福音書」六・二六〜二九）

時々、ちょっぴり思い出してほしい

死を目前にして、それまでの半年近くの日々にたくさんのことを考え、悩み苦しみながら胸の内に溜めてきたことを、一気に話したのでは、と思われるほど、夫は多くの話をしました。

私が一人になってからの生活、経済的なこと、家のこと、身内との関係のこと、そして自分の歩んだ人生を振り返り、結婚生活への満足と感謝の言葉……。本当にたくさんの話をしていきました。

でも、私は、目前に迫った死別のときを前にして、小さい声でささやくように話す夫の話を、涙ながらに耳を傾けてはいたものの、悲しみで胸がいっぱいになり、記憶力が働かなかったのか、今の私にはすべてを細かく思い出せないのです。しかし、この言葉だけは特に強烈な印象で耳に残っています。亡くなる前々日の夜のことです。

「自分がいなくなっても、時々でよいから思い出してくれ、ちょっぴりでいいから」

と言います。

私には忘れることの出来ない夫なのに、どうしてそんなことを言うのだろう、と不思議でもあるし、「時々、少しなんて、そんなの無理よ、忘れるわけないわよ」と言っても夫はだまって答えずにいるだけでした。

夫が亡くなって、ある程度の時間が過ぎてから、初めてその言葉の持つ意味、大きさ、重さが分かってくるようになりました。遺された者は、亡くなった人を四六時中思い出し、想っていては生きていけないのだと、前に進むことが出来ない状態になるのだと分かってきました。

発病以来、特に再発して以来無口になり、じっと考え込むような日々が多くあったものの、こんなことを考えていたのかと驚きでした。それと同時に「大きな愛に包んでくれてありがとう」と、夫に大きな声で伝えたいと思います。そして、私は一人になっても元気を出して生きていかなければ、という思いに駆られました。

このようなことを考えると、夫の言うように、「がんは何と素晴らしいことか」と思います。生きていくことをしっかり考え、先立つこと、遺されることへの準備の時間を与えてくれます。

先立つ者にとっても、遺される者にも、とても限られたせつない時間ではありますが、それまでの生き方を振り返り、感謝しながら、別れの幕引きをすることが出来るのです。

私は、つらく困難なことであっても、死別がやってくると分かった時点で、目をつぶらずしっかり正面から向き合い取り組み、良い別れを迎えられるように、最後の残された時間を大切に、良い時を過ごすことの大切さを教えられたように思います。

祈りと感謝

人は死期を感じるのでしょうか。先にも述べましたように、十月二十五日夜、夫は、眠れないと言って、まだ起きていた私のそばにきて、自分には死が近づいているように感じると言ったものです。返す言葉に困りましたが、本人の真剣さからしてそう感じたことなのだと思います。

それから一カ月後には、完全に死を意識し、覚悟し、そして死を受け入れていたようです。病室でふと顔をのぞき込むと、目に涙がいっぱい浮かんでいることがよくありました。それを見たときの気持ち、いいようのない悲しさ、寂しさに襲われたものです。

就寝前によくお祈りをしていました。死を意識して過ごす時間の何と厳しいことか、人は誰しも神に祈らずにはいられないものでしょう。

再発してからの日々、一心に祈る姿が今も目に焼き付いて離れません。死と対峙したとき、神のご加護のもとに心の平安をいただくことの大切さ、気懸かり、悩みを少しでも解決し、心の平静を得ることにより、痛みも不思議と軽減するように思います。

残り少なくなった日々はことあるたびに「ありがとう、ありがとう」と、皆さんにやさしい顔で言い、感謝の気持ちをいっぱいに表わし、旅立ちを前に皆さんにお別れをしていたのではないかと思いました。

悲しさの沈むさきは限りなく水面に映る明かり見据える　知子
染み透る思いは日々に深くして君は包まる神のこころもに　知子

ああ、苦しい、きつい

亡くなる前々日の昼ごろ（十二月五日）、「きついよ、死にそうだ、先生を呼んでくれ」と何度も言い、苦しそうな息づかいをしていました。その日は、主治医の下稲葉先生は院外での講演で一日中出かけられていました。先生にきていただけるはずもなく、看護婦さんも困ったことでしょう。

それでも、「今、先生の声を聞かせてあげよう」と先生に電話をしてくれました。自動車電話で先生に連絡し、目的地に着くと、すぐ先生が電話をしてくださったのでした。

「中村さん、下稲葉先生よ」とコードレスの電話をベッドまで持ってきてくださいました。

先生は、「二時間待ってて、これから二時間講演をしなければ帰れないから」と話しかけてくださり、その先生の言葉に落ち着きを取り戻したようでした。

その夜、夫はこの書の冒頭に書きました「別れの挨拶」を、私に口述筆記させたのでした。そして明け方に呼ばれて目を覚ますと、これが最後の言葉と覚悟していたのでしょうか、いろいろたくさんの話をして別れを告げたものでした。

翌日の朝、病室にみえた先生に、昨夜はまんじりともしなかった、と話していました。心のなかにいっぱい溜めていたことを話して吐きだしたせいでしょうか、思いの外元気に過ごす姿を見ると、そこは欲目です、死が遠のいたのではないか、少し良くなるのでは、という思いが頭をよぎるのでした。

患者の家族の心理ってこんなものではないでしょうか。愛する人の死を目前にしたとき、冷静さなんてやはり非常に難しいものがあると思います。

亡くなる前日の夜（十二月六日）、下稲葉先生が病室にみえ、部屋を出るとき、いつになく珍しく英語で「See you tomorrow !」と手を挙げると、いつもは黙って軽く応えるだけなのに、夫は「See you again」と応えました。しかし、先生とは明日はなく、これが最後になりました。翌日は日曜日で、牧師でもある先生は礼拝と教会でのメッセージをお話しになる務めがあったのでした。

一睡もせずに妻とは語りしと回診の医師に告げし朝よ　知子
朝来て「朝が来たね？」と問う医師に微笑みかえすたおやかな君　知子

一九九七年十二月七日、お昼ごろに、夫中村勲は、私の手を握ったまま、静かに天国に向け旅立ちました。

病院でのお葬式、これは参列者には大変好評でした。お葬式の主人公は亡くなった人のはず、普通目にするお葬式は主人公の顔がはっきり分からないことが多いように思います。遺影で見るという意味ではありません。

ところが、栄光病院でのお葬式（お別れ会）は、亡くなった人がどのような経過をたどり、病床でどのように過ごし、どのような考えと意向を持っていたかを、関わっていただいた人々の口から伝えられ、自らの口で意志表示が出来なくなった主人公に代わり伝えられたのでした。参列者にとっては、主人公の顔がよく見えたことが好評につながったのでは、と思いました。

こうしてお葬式は本人の希望通り、病院の安らぎの間で、色とりどりの花に囲まれ、牧師である下稲葉先生や多くの病院関係者と私たちの友人で、ささやかな心のこもったお別れ会をすることができました。

最後に棺に入った中村勲さんは、お気に入りの背広にワイシャツ・ネクタイ姿でした。

初めて出会ってから三十四年七カ月、結婚生活三十四年二カ月でした。多事多難な日々もありました。子宝には恵まれませんでしたが、終わってみれば幸せな結婚生活だったと言えそうです。

夫は人との出会いには不思議なものがあ

る、としばしば言っておりました。私たちの出会いもふとしたことがきっかけで、人生を共に歩みました。出会いのときが違えば共に歩むこともなかったであろう、ともいえる出会いでした。

神様からのプレゼント

私が、神様からプレゼントをいただいたと思っているのは、痛みの消えた安らかな日々と、お互いの気持ちを話し合いながら、伝えあう時間を夫と持てたことです。

がんが再発した後、あるとき外科の主治医に、「今後夫の病状はどのように進んでいくのでしょうか?」とお話をしたことがありました。そのとき、「膵臓からのがんが、肝臓の方に、胃の方に、また脊椎（脊髄）にと、いずれか分かりませんが拡がっていくでしょう」とのことでした。さらに「脊椎の方にいくと痛みが激しく、ご家族にはつらいものがあるようです」と言われ、予測はしていてもやはりショックでした。

夫の痛み苦しむのを見るのはとてもつらい、それを一人で耐えていかなければならないなんて、どうしよう、どうすればいいんだろう。神様、私を助けてください、と思わず心のなかで叫んだものでした。

またあるとき、主治医と立ち話のなかで、家での状況を話し、夫は、気持ちはだいぶ落ち着いてきたが、少し弱気になり、先行きに悲観的な言葉が増えてきましたと説明しました。そして私自身、今の夫の状態がどの程度というか、どの位の段階にいるのやら、とたずねますと、すると、「今年いっぱい持つかどうか分かりませんが、年が明けるまでは難しそう、でも分かりませんよ」とのお話でした。

その日のことをノートに次のように書いています。

八月二十五日（月）
六月の再発もショックだった、今日もある程度予想はしたものの、主治医からはっきりと言葉で聞くといよいよ終着駅がみえてくる。別れの日が、カウントダウンが始まるが、数えてる数字が分からない不安。何ともつらい、悲しい、一人りぽっちになる、勲のいない生活、電話の通じないところ、想像もできない。今までの楽しかったこと、うれしかったこと、ケンカしたこと、やさしくしてくれたこと、すべてが悲しいことになる、つらいことになる。その先どうしよう。

限りある命と共に歩みゆく友なる妻の悲哀をも抱き

知子

一カ月半程の間はモルヒネを常用し、それでも痛みは完全にはとれず、副作用に悩まされ、苦しい日々の連続でした。意識が朦朧としたり、二日酔いのような嫌な気分、眠気、便秘、それに何よりも思考能力の減退、文字すらまともに書けなくなり、情緒は不安定となり、これらの事柄が、ときとしてはっきりと自覚される状態に、病人は耐えられない思いを抱いていたようでした。

それがあるときを境に、痛みを訴えないようになったのはとても不思議なことでした。それまで一日にMSコンチンを六〇～八〇ミリグラム服用していましたが、亡くなるまでの二週間あまりの間、はげしい痛みを訴えることもなく、また不思議にも当人がモルヒネは良くない、あれは考える力を奪ってしまうと言っていたほどです。とはいえ、末期の膵臓がんでモルヒネを使わずにすむとは、私には思えませんでした。

しかし、現実には日々穏やかな表情と安らかな顔で、ことあるごとに感謝の気持ちを精いっぱい表わし、ありがとう、ありがとうと繰り返しながら、意志の疎通もしっかり出来たのは、やはり神様からの贈り物だったと思うほかありません。

死を目前にすると、人はとても寂しさが募るようでした。再発以来、病状が進み、体力が落ち、死がじわじわと実感されるにつれ、一人になることが寂しかったようです。最後の夜は私がお風呂に入ってくる時間を待ちどうしかった、待ちくたびれたと言ったときのことは忘れがたいものがあります。

幸いにも、ホスピスでの二十五日間のうち、自宅に帰った夜は二日間で、それ以外は病室で共に過ごし、目が覚めると見えるところにいることが出来たのはよかったと思っています。

夫にとっても、主治医の下稲葉先生が、あるときは医者であり、牧師であり、また友人のように、そして兄弟のように接してくださったことによって、その会話のなかからそれまで一人で心のなかで考え悩み、祈ったことが間違っていなかったことを確信したようで、安堵したことでしょう。

思い返せば、夫がこのような道順を辿れたことは、恵まれていたといえます。そうできるとは、誰も保証できないことでした。

長時間の大手術、一過性とはいえ夜に起きた心臓の発作、退院後お風呂場で倒れたこと、腸閉塞から腸の一部に穴が開き、再度の開腹手術の後、敗血症を起こす寸前のとき、再発の後も転院を決意する時期、これらのことが一つ違っても最後がここに辿りつかなかったと思います。

遺された者にとって、痛み苦しむさまを見ることもなく、最後まで話し合うときを持て、安らかに息を引き取って旅立ったのは何よりの幸せだと感謝しております。

これも再発以来、心ならずも私を遺して先立つことを嘆き、後に一人遺る私の身を案じて、つねに祈っていたのがかなったのでしょうか。

貴重な時間をプレゼントしてくださった神様と、案じながら祈ってくれた夫に感謝の気持ちでいっぱいです。


ホスピスにをりしはひと月ばかりにて穏やかな最期を妹言へり　美代子

悲しみのなかで

一人遺されて

夫が現実にいなくなると、様々なことが襲ってきます。あれほど周到な準備をしていた夫でしたが、病に倒れたことを連絡していなかった方も多く、お別れ会の連絡で初めて夫の死を知った方も多かったのです。そんな方は、びっくりされてしまいました。夫のかつての同僚で、趣味が合うからなのか、家族ぐるみでおつきあいさせていただいていた方からは、こんな手紙をいただきました。

私は今、モーツァルトのレクイエムを聞きながら、お便りしています。余りの突然の訃報で、しばらくは言葉も出なかったけれど、お便りを読み返すたびに、それこそいろんな事が想い出され、在りし日のお顔やお姿が鮮やかに蘇ってきます。音楽好きは、私共と共通の趣味で、夜遅くまで、ベートーベンやモーツァルトを聴いたこと、出張先までモーツァルトのピアノ協奏曲のカセットを持ち歩いていたこと、私が転勤するときに、愛聴盤を形見（？）に進呈したことなど……。

またお二人とご一緒に潮干狩りに何度もつれていってもらったこと、会社ではQCサークルや品質管理の講習などでいつも一緒に苦労したことなど……。

今はただ楽しい思い出ばかりですが、お便りにあったように志半ばで逝った本人の無念さを思うと、胸がいっぱいです。でも、このような素敵な思い出をいっぱい残してくれた中村さん、有り難うございました。

安らかにお眠り下さい。

一九九九年一月

杉山孝美

どんなにしっかりしているつもりでも、現実には様々なことがぬけてしまいます。杉山さんも連絡が遅れてしまった一人です。やはり混乱し、夫も私も普通ではないのですから。しかし、それは当然のことではないでしょうか。こうしたこともあって、しばらくは相続の手続きや名義変更など、あれもこれもと、さまざま用件に追いかけられてしまいます。

このときは、忙しさもあり、自分ではしっかりしているように思います。。しかし、自分が遺されたのだと、実感してくる時期があります。この遺されたという気持ちにどう向かっていくのかが問題です。

遺された家族にとって、同じ境遇の仲間、このつながりがあるかないかで、その後の立ち直りに差があるかも知れません。幸いなことに、私には同じ仲間がたくさんいます。そこでのおしゃべりは心を癒してくれます。特にパートナーをなくした私たちは、過去形になった話に花を咲かせています。

子供に対しては、親の顔をし、社会に対しては、一家の主のごとく対応しなければなりません。本音を出せる場がないとしたら、愛する人を失ったつらさや、悲しさ、恋しさ、これらすべてが内向し、気持ちを余計に落ち込ませるように思います。

同じ仲間でこのような思いを吐き出すことにより、自分だけではない、と元気が出てきたりします。話すこと、書くことなどはある意味で悲しみを昇華させる力があるのではないでしょうか。

私は、お互い励まし合い、少しでも早く、前を向いて歩けるようにと、このような仲間のネットを作っていきたいという思いがわいてきました。そして、この考えは亡き夫が一番喜んでくれると確信できます。

生きていくことは死ぬこと。「生き様は、死に様である、死に様は、生き様である」と言われますが、死を身近に見て、この言葉は本当だと、つくづく思い知らされました。

がんと分かったからと言って、それまでコミュニケーションのあまり取れてない夫婦、親子では急に心を開いて話し合い、いたわり合うことは難しいものがあるはずです。

良い終末を送るには、良い人間関係が必要でしょうし、そうであれば、耳目にさわりの良いことのみを求めるのではなく、厳しいことにも真っ正面から取り組む姿勢が大切ではないでしょうか。

常日ごろから、話し合う時間を持たないと、危急の場合も、お互いを思い、いたわりながらきっちりとコミュニケーションをとることは難しいはずです。そのために、日々を有意義に、人生を大切に過ごしたいと思いました。

「今日は今日しかない！　今の時間は今しかない！」。このことをいつも心の隅に忘れないように生きていきたいものです
一人になって一年九カ月が過ぎました。

スペインで、夫とともに

大きな試練という名のトンネルに入り、一時は真っ暗闇のなかを無我夢中で歩んでいました。

今は少し出口が近づいたのか少し明るさが見えてきたのだろうと思います。少しずつゆとりを持てるようになってきたのがその証拠でしょうか、やっとウインドーショッピングを楽しんだり、旅行にでも行ってみようかしらと思えるようになりました。夫の残してくれたオーディオ機器も活躍するようになったし、一人で美術館へ足を運んだり、インターネットを楽しんだりしながら時間を過ごせるようになったのは、ほんの数カ月前のことです。それまでの私は、片身を剥ぎ取られたような寂しさと悲しさに一人になると涙の流れることの多い日々でした。

一人でいるときの悲しさや寂しさの反動なのか、私は誰か人と一緒にいるときは、うれしさのあまり、表面はとても元気に明るくしていました。そうすると、今度はそれを見た人が、私を表面からだけで判断してしまいます。そのことの悲しさは、また一段と身に沁みたものです。

愛する人を亡くして悲しくない人はいないのです。心のなかはどんなに涙に溢れていても、それを出さないように、そしてなるべく前向きに考え、どんなにしても元に戻らないことを、くよくよと考えないように努力して、生きていこうとしている人たちのいることを知って欲しいのです。

夫の死は私にたくさんのことを教え、考えさせてくれました。

私は世に言う、専業主婦で、子育ての経験もなく、六十年近い人生を二人の男性に護られてきました。一人は父であり、もう一人は夫でした。

その庇護の許を離れて、これからの残りの人生を一人で歩まねばならないと分かったときから、今までとは違った私の人生が始まったのだと考えるようになりました。そして神様はいつもしっかり護ってくださるのだと思えるようになったのでした。

栄光病院で、夫が穏やかに天国に召されていったことが、これからの私の人生の扉を開いてくれたのでしょうか。今の私には、夫の死によって出会えた人たちがたくさんいます。そしてその人々と次の扉に向かって歩めるということは、亡き夫の導きの許にあるように思えます。

父母の反対かまはず嫁ぎし汝独りとなりて墓前にぬかず　　美代子

心を整理する

私は、これまで投書ということを一度もしたことがありませんでした、しかし不思議に、死、死別という言葉を耳にすると、つい私も書いてみようという気持ちになり、一年半ほどの間に三回投書をする機会がありました。このことは自分の心のなかを覗き、整理するためにはとても良い機会であったように思います。

最初は、一九九八年二月、ＮＨＫ「いきいきホットライン」で放送された「死別の悲しみを乗り越えて」のテーマに投書した文章です。

ホスピスで夫の最後を看取る

私の夫は、昨年（一九九七年）十二月七日に膵臓がんで亡くなりました。この放送のタイトルは過去形のようでしたので、これからの私に何か参考になるのではと聞いていています。

夫は六十五歳、私は五十九歳、子供のいない私たちは仕事を終えたこれからをゆっくり楽しく過ごそうと楽しみにしていた矢先の出来事でした。

私は目下死別の悲しみと寂しさのなかに日々を過ごしております。

夫は、ファイナルステージをホスピスで過ごしました。二十五日間でした。再発のときから、死と向き合っての二人だけの生活、五カ月の自宅療養、それは厳しい日々でした。

一度は公立病院に入院しましたが、薬の副作用と環境に耐えられずホスピスに転院、そこでの主治医は内科医であると共に、牧師でした。他にもパストラル・ケア・ワーカー、牧師とおられ、病室での会話も他の病院とは違い、心の悩みや苦しみなどはありませんか、お力になれることがあればお手伝いいたしましょう、と手を差し延べゆっくりお話をしてくださいました。

死に至るまでの日々は、共に病室で一緒に生活いたしました。

幸いにも痛みを訴えることもなくなり、意識もはっきりと会話も十分にできて厳しいなかにも心安まるなかで静かな死を迎えました。

大きな悔いも残さず、覚悟しながら迎えた死別とはいえ、現実になるとやはり寂しさに心乱される日々ですが、今も牧師としての主治医に毎週おめにかかることができ、そこでの祈りや聖書を通しての勉強会は今の私の心を落ち着けてくれる大切な時間です。

最後の日々を看てくださった主治医と患者の死後もこのように接する機会のあること、幸せだと思っています。


思ひのほか立ち直り早く夫逝きし妹は近く受洗するらし　美代子

次は、一九九九年三月十一日、ＮＨＫ「いきいきホットライン」で放送された「私の死を見つめる心」と題した特集への投書です。

私が死を身近に感じたのは、夫のがんが再発し医療の有効な手立てがないと知ったときからでした。それからの半年間、二人で死を見据えての生活でした。

そして迎えた死、死別。ホスピスで最後の残り少なくなった時間、手を握りあって眠りについた夜、お別れの挨拶と皆さんに感謝の言葉を残し、三十四年間の結婚生活に感謝と別れを告げたのちの穏やかな死でした。

夫は生前、自分にとって死が避けられないことと分かってから、いかに残された余生を心残りなく生きるかを考えていました。それはやがて訪れる「死」への準備でした。

これらを考えると、ある日突然訪れる死より、確実ではあるけれど緩やかに訪れる「がん」は何と素晴らしいことかと書き残して逝きました。それは穏やかな死でした。

愛する人との死別。それから一年余り、死は私にとって色々のことを教えてくれました。死を知ることにより生きることの大切さ、生かされていることの有り難さ、一日を無事終えて就寝前のひととき今日一日を感謝する気持ち、これらは確かに夫の死が教えてくれたものです。

愛する人の死はとても悲しくつらいものですが、そのなかには残された人へのメッセージがたくさんあります。そのメッセージをしっかりと受け取り有意義にし、前向きに考え、その後の人生に役立て、活かしていくことこそ大切なのではないでしょうか。

その夫の逝きし妹はしみじみ言ふ父亡きあとの母の心を　美代子

最後に、一九九九年九月一日、NHK「いきいきホットライン」で放送された「愛する人（パートナー）を喪ったとき」の特集に投書した文章です。

私にとって、夫とのこの世での別れをはっきりと意識し、その日がくるまでの間は六カ月間でした。進行性の膵臓がん、手術後一年経たずの再発でした。

三十四年間の人生のパートナーとの別れが刻々と近づくなかでの生活、振り返ると子宝にこそ恵まれませんでしたが、楽しかったこと、うれしかったこと、悲しかったこと、つらい思いに打ちひしがれたときと、いろいろなときを手を携えて歩んだ人生です。

別れの後、一人ぼっちになることを考えると、夜も眠れない不安に襲われたものでした。その不安から逃れるために一所懸命、片意地張っての生活でした。

そして別れの日は静かにやってきました。

お葬式に始まる一連の儀式、相続、名義変更など一連の手続きを終えたころから、片身を剥がされたような寂しさ、虚しさ、二人で住んでいた場所に一人ポツンといる自分に心細く、言いようのない気持ちに悲しさは倍増したかのようでした。

死別から半年、五月の連休のころでした。この季節一人家にこもっているのは寂しさが身に沁みると思い、姉弟や友人を訪ねて出かけました。

飛行機や新幹線のなかで目に映るのは、同じ年代と思われるご夫婦の姿ばかりです。気がつくとその人たちばかりを見ている私、そしてその心のなかは羨ましい思いで満ち、その気持ちで眺めている自分に気がつきました。

その気持ちを同じ境遇の人に話すと、「私もよ」と言われ、一瞬ホッとしたのでした。

それからの私は、同じ境遇の人たちのなかで、悲しさ、寂しさ、亡き人への懐かしさなどを喋ってばかりの時間を過ごしました。すると少しずつ気持ちが晴れてくることに気がつき、これは良い方法ではないか、と思い、「そうだ！　私はこのような仲間づくりをしていこう」と考えるようになりました。

それから一年近くを経て、同じ志を持った仲間とサポートしてくださる組織に恵まれ、この秋に発足するところまでになりました。

月曜日からの放送を仲間と一緒に聞きながら、ビリーブメントサポートの大切さが話されていることに、私の残された人生を歩む方向が間違っていなかったと改めて確信を得ました。そしてこのような仲間のネットワークが全国に出来る日がくることを望んでいます。

看護で困ったこと、うれしかったこと

愛する家族が大病を患いその看護のなかで、困ったことやうれしかったことなど、気づいたことを、同じような体験をした人たち数名の人たちと考えてみました。

▽介護中に困ったこと
病院の検査方針に異議を唱えると退院するよう言われた。
床ずれ予防具が色々あれば助かると思った。
がん告知していないと、がんであることを察知されないよう気を遣った。

一般病院だと、末期でも家族も面会時間が制限されたこと。

面会謝絶の札があっても（興味本位で）覗きたがる人がいたこと。

冬季の入院中、夜の暖房が切れること。

冷たい点滴は病人にはこたえたようです。

家の中がバリアフリーでなかったり、風呂場が病人向きになっていなかった。

▽励ましや援助でうれしかったこと
看護婦さんの優しさ、優しい言葉かけ。

継続して手紙や電話などで励まし続けてくれる友人、親族。

収入が途絶えたとき闘病資金を集めてくれたこと。

検査結果から余命を告げても、過去のデーターではもっと長生きの人は多いと励まされたこと。

最後の日々を親子同じ時間を過ごせたこと。

お手伝いできること、何でも遠慮なくどうぞと声をかけられたこと。

毎日の病院通いのとき帰宅後に食事の差し入れをいただいたこと。

医者のやさしい言葉や態度にふれたとき。

▽周囲の人から言葉などで不快に思ったり、心が傷ついたこと
見舞いにきた人の不注意な言葉。

身内から、なぜもっと早く気がつかなかったかと、責められたとき。

身内から、うちにはがんで亡くなったり、がんになった人はいないと言われた。暗黙のうちに責められているような言葉。

患者の言う痛みを信じてない、と言われたこと。

死別を目前にして悩んでいるとき、「私はいつ死んでも良いと思ってるわ」と、こともなげに言われたとき。

▽見舞いにきてくれて良かったこと、うれしかったこと
長い闘病中、たくさんの方がきてくださったこと。

看病の手伝いやアドバイス。

見舞いにくると、事前に連絡してからきてくださった。

早めに引き上げてくれたこと。
車での送迎をしてくれたこと。

▽反対にお見舞いで困ったこと
小さい子供を連れてこられたとき。
患者の体調を聞かず突然こられたとき。
香りの強いお花をもらったとき。
面会謝絶中のお見舞い（とくにトイレなどの介護中）。
長居されたり、民間療法や漢方薬をすすめられた。
宗教書を置いて帰られた。
夜中や早朝の見舞客、付き添いの家族も寝ているような時間帯。
患者自身が末期の自分の姿を他人に見せたくないと望んだとき。

▽亡くなってから、周囲の人々から受けた慰めや励ましでうれしかったこと
カウンセラーの世話になり、今の立場を理解し、助言をくださったこと。

自分の心のなかの本音を吐き出すことの大切さを教えてくれたこと。

命日などに花を届けてくれたり、きてくれたときに「〇〇君は幸せだったんだね」と言われたとき。

同じ体験をした仲間とその経験を話すことにより、自分一人でないと知ったとき。

黙って話を聞いてくれたこと。

あなたの気持ちはよく分かると同じ境遇の人が声をかけてくれたこと。

先に伴侶を亡くした友人たちの慰めの電話。

お元気ですかと声をかけられたり、励ましの電話など、今まで何でもなかったことがうれしく感じる。

▽反対によけいつらくなったり、悲しかったこと
他人の夫婦の楽しそうなときを見たとき、自分には二度とできないと思うとつらかった。

久々に会った人に発病からの経過を話すとき。

元気なときは笑ってすませたことが何故？　と落ち込む。

円満な家庭に誘われ訪問したりしたとき。

悲しみのどん底から立ち直りには時間もかかり、そのときの心持ちでお誘いを断ると、あとが途絶える、継続性がないのが余計につらい。

訪問看護婦さんが見た私たち

貴重な経験をありがとうございます

訪問看護婦　角田伸子

訪問看護の依頼を受け、中村様に初めてお会いしたのは、まだ残暑がきびしい九月上旬でした。

前もってうかがった経過から、ベッドに横になった患者像を思い描いていたのですが、実際の中村様はジーパンにラフなシャツ姿でリビングのイスに腰掛けておられ、症状、食事摂取量、検査データを克明に記したノートとグラフを見ながら、淡々と話してくださいました。出来る限り在宅で有意義な時間を過ごしたいこと、自分と妻のためにもホスピスを予約しており、最後はそこで迎えたいことなどうかがいました。

動揺も見せず自分自身の今後を語る姿に接して、何か近寄りがたいものさえ感じました。

訪問期間中、中村様の病状進行や疼痛緩和に対する治療方針の把握が十分にできず、戸惑うことがありました。

私たちの指示はステーションの母体病院より受けていましたが、手術前手術後とも一貫して主治医で経過をご存知の先生が、小倉南区のK病院で遠く離れているため、直接お会いしてお話をうかがう機会を持てませんでした。

患者さんご自身のご希望で、そちらの病院での検査と鎮痛剤の処方を受けておられましたので、ご本人が受診されたり奥様が主治医と話し、その内容を私たちが聞くという具合でした。

不明瞭なことや、疑問に思うこともありましたが、推測で判断したり、曖昧な返事をせざるえないこともありましたので、中村様も私を頼りにならないなあと思われたことでしょう。とくに鎮痛剤MSコンチンの副作用が出現した際には対処に困り、在宅でのがん性疼痛のコントロールの難しさをつくづく感じました。

そのようななかでも、点滴をしながらときおりいろいろなことを話されましたが、ある日のことで思い出の一つに、「人生、年齢をとるのも初めてならば、がんになるのも初めてなもので、比較するすべがない。何事も初めてのことで分からない」と言われたことがありました。またあるとき、「疲れが異様にとれなかったり、まるで気力が湧かなかった、それが年のせいなのか、または病気のせいなのか、と思案したこともあった」と。ご自分のなかで、あれこれ考えたり、悩んだりされながら、それを一々口に出せば奥様は心配する、と思われながら過ごされた日々もあったのだろうと思いました。

今回のように通院が困難な症例では、痛みの原因と程度に応じた薬の選択、副作用の対処方法を患者とともに考えていかなければならない場合、患者にとっては不本意でも、コントロールがつくまでの短期入院はやむを得ないのではないかと思いました。

便秘・腹満が強度となり、在宅で可能な範囲内で行なえる処置で対応しましたが、症状緩和にいたらず、十月三十日、小倉南区のK病院へ入院、十一月十二日、栄光病院への転院となりました。

転院の日、パジャマの上にガウンを着た中村様はゆっくりした足取りながら、二階の病室から玄関まで歩かれ、助手席のシートを少しだけ倒して座られました。ハンドルをにぎる奥様が話しかけても、あまり返事をされず、痛みの訴えもなく、じっと前の方を見つめておられることが多かったようです。

途中パーキングで休息し、陽の当たるベンチに腰かけて、奥様と一つのソフトクリームをかわるがわる少しずつ召し上がっていました。ベンチから車まで枯れ葉がいっぱい落ちている道路を、二人手をつないでゆっくりゆっくり歩いて行かれる姿を見ながら、ご夫婦それぞれの心中を思うと、胸が詰まりそうでかける言葉もありませんでした。

中村様の場合、ご自身がキーパーソンでもありました。病名、症状についての告知を受けていましたが、在宅になってからは、医師との直接的なコンタクトは少なく、奥様が仲介する形となっており、病状が悪化したときに主治医から説明がなく、ご自身で感覚的に現状を受け止める形となっていました。

病状への不安、遺される奥様の心配など、苦痛はいかばかりだったでしょう。そのときに訪問看護婦として何にも言えず、話を聞くことだけしかできなかったことが残念です。

主治医と密に連携を取りながら、患者の状況を正しく把握し、現状でどのようなことが最善かを考えながら訪問看護を行なえるよう、学びと経験を深めていきたいと思います。

神のもとにいらっしゃる中村様、貴重な経験をありがとうございました。

訪問看護で学んだこと

訪問看護婦　大塚ふじ子

平成九年九月三日、中村様から訪問看護依頼を受けました。早速担当ナースを中村様の奥様と親交のあったT看護婦に決め、当時管理者を務めていた私とで調査訪問にうかがった。依頼を受けたときには、大まかに現在の状況はうかがっていたので悲壮感が漂っているのでは、と不安を多少抱いていたが、患者さんは初対面の私たちをにこやかに迎えてくださいました。

初回訪問の仕事は、病状、病気の経過、訪問依頼の理由などを聞き取り、観察、調査することです。以下患者さんからうかがったこと。

病名、膵臓がん、進行性膵頭部がん術後、術後三回のイレウス「腸閉塞」を併発し、入退院を繰り返していたが、今回平成九年二月七日、症状が安定し、食欲も出て、にぎり寿司一人前をペロリと食べられるまでに回復したので退院した。

ところが四カ月後の六月中旬ごろから下痢症状が現われ、体重の減少（四十二キロ）が顕著で、週一回主治医のいるK病院まで点滴を受けに通っていたが、通院が苦痛となり、自宅近くのかかりつけ医に通院するようになった。しかし点滴中の一時間半余りの間も身の置き場がない程の苦痛を覚えるようになり、何とか自宅でできる方法がないかと思案の上依頼した、とのことであった。

調査し、一番驚いたことは、患者さんが自分の病気についてすべて専門的に分かっておられることとでした。告知を受けられた経過も、検査データをもとに主治医に納得のいくまで説明を求められるため、主治医もやむを得ず告知に到ったと聞かされました。

訪問看護を開始するには、主治医の指示書がなければ出来ません。私どもはかかりつけ医であるH医院に行き医師に面会、患者さんの要望と訪問看護の指示書をお願いしました。医師の返事は患者さんの希望通り自宅で点滴をして上げたいが、点滴中もし異常があった場合駆けつけることができない。「医師一人の小さな医院ですから」との返事でした。そこで私たちは患者さんと相談の上、二十四時間緊急時の対応ができる病院を探すことになりました。

訪問看護ステーションむなかたの母体病院である、M病院のT院長にその日のうちに相談に行きました。幸いT院長は地域医療に関心が高く、宗像地域で第一号のステーションを開設した医療法人の理事長でもあります。

患者さんの今までの経過を報告しますと、心よく引き受けてくださいました。

患者さんの状態は、全身衰弱、下痢、食べたものがそのままの状態で出てくるとのことでした。すべての食物をペースト状にして摂取し、それも極少量。それでも点滴できるのであれば一日でも長く在宅でいたいと切望されました。

こうして早速翌日から訪問開始となりました。週三回主治医の指示に従い、点滴と病状の把握、症状の緩和と生活上のアドバイスを行なう。

一方患者さんは、月一回ないし二回、K病院に通院され、痛みのコントロールの指導を受けておられました。

点滴の間は使い慣れたベッドに楽な体位で横たわって、趣味の音楽を静かに聴いたり、奥様と一流のコンサートを聴きに旅行されたときの

話などで過ごされました。

当時痛みのコントロールはＭＳコンチンとボルタレン座薬を併用していました。しかし徐々に痛みが増強し、十月二十二日、Ｋ病院の主治医の指示でＭＳコンチンを一日八十ミリグラムに増量されました。二日後の二十四日、便秘の状態となり、腹満強度、腹鳴は聴こえず、排ガスなし。

当時の患者さんの日課は、絵皿に絵を描いたり、絵はがきに好物の海老やぶどうを絵に表わしておられましたが、何をしても根気がなかったり、途中で気分が悪くなったりの症状が表われました。かかりつけ医には逐次報告をし症状の緩和に務めました。

浣腸、排気、緩下剤の投与など試みましたが、苦痛を除去するに至りませんでした。

十月二十八日、口渇があり、やせ細って、イライラ状態が顕著に見られる。在宅での限界を感じるようになりました。

十月三十日、患者さんと奥様との話し合いの上、Ｋ病院に入院されました。

今回の中村様との関わりのなかで感じたことは、自分の病気についてすべて検査データを分析して冷静に受け止め、残されたいのちを精いっぱい生きようとされる姿にいつも心をうたれました。それに対し私たちがどれほどの援助ができただろうかと……。今こうしてペンを執りながら改めて考えさせられているところです。
そしてこのような機会を与えられ、数多く学ばせていただいたことに感謝し、心よりご冥福をお祈りいたします。

合掌

栄光ひまわり会の誕生

誕生を迎えるまで

私には夫が亡くなるまで、人生を共に歩んだ伴侶の死が遺された者にとって、どんなに心身に暗い影を作るかなど、ちっとも分かっていませんでした。自分が体験してみて初めてこんなにも悲しく、苦しくつらいものかと分かったのでした。

そして、この思いは体験したものでなければ分からないのであれば、体験した者同士で悲しみや苦しみを分かち合うことによって、少しでもその重荷を軽くできるような、そんな集まりができないかと考えるようになりました。こんな思いから、多くの人と協力してつくり出したのが「栄光ひまわり会」です。

かつての日本の社会は、大家族であったり、親類の結束が堅かったり、また隣組的な近隣関係などのなかで助け合ったり、学びあったりした側面を持っていました。それに比べますと、現在の社会の現状はどうでしょうか。核家族に始まり、職業の多様化に伴う転勤や異動など、一カ所にとどまる生活をしなくなっています。そのことにより親子、兄弟姉妹離れ離れの人々が多くなっています。まして人生の先輩である祖父や祖母となると身近にはいない人の方が多いのではないかと思います。

今日の社会が、すべて悪いわけではないでしょうが、人々の助け合いは、じっとしていてはなかなか始まらないような気がします。

そのような状況下で愛する身内を亡くし、悲嘆にくれたとき、親族など経験者が身近にいない人の方が多いでしょう。それだからこそ、このような会が必要だと感じたのです。

人間関係が疎遠になっている今、一人寂しく悲しみに打ちひしがれて過ごす時間の何とも厳しいことか、一層悲しみや苦しみは倍増するように思えます。そんな暗い時期を少しでも自助、互助しながら本来のご自分に戻るよう励まし合い、分かち合いしながら歩む仲間づくりが大切なのでは、と考えたのがきっかけでした。

人は悲嘆のどん底にいるとき、なかなか次のステップへの元気、勇気はわかないのではないでしょうか。いつまでも悲嘆にくれていたのでは、亡くなった人も悲しむでしょうし、喪った者への悲しさや寂しさはいつまでも続くでしょう。しかしその失ったことにより得るものもあるはずです。大きな代償を払った試練ですもの、その体験から大きなものを得

自宅で花をスケッチする夫

るようにして、人生を有意義に生きていくことの大切さを痛感します。

私自身、夫が亡くならなければこのように考えたり、このような行動に移ることもなく、以前と同じパターンの生活を続け、人生を老いていったことでしょう。そう考えてみれば愛する身内を喪うという大きな損失も悲嘆に明け暮れるばかりではなく、それを心の糧にして活かしていってこそ、先に天国に旅立った人も安心し、喜んでもらえるのではと思います。先立った人が喜ぶような生き方こそが一番良いのではないでしょうか。

そのためにも暗闇のなかでの一人寂しく悲しんでいる時間を少しでも少なくし、重荷を軽くして、次の人生を明るく歩めるよう心を整えていかなければなりません。

どんなにしても元に戻らないことはある。過去完了形になってしまったことに心を悩ますより、過ぎ去ってしまってやり直しの効かないことは、その状態で良しと考え、現在の状態を良しと考えていってはどうでしょうか。

過去の失敗もそれを土台にして良い方向になるように次に繋げていく、マイナスもプラスに転化する。悲しみもきれいな形に昇華するように心がけてみてはいかがでしょうか。

喪った者への悲しさ、恋しさ、寂しさ、これらはずっと続くでしょうが、きれいな形に昇華することでサラッと懐かしくきれいな思い出として心にしまい、時々そっと覗いてみたり、そっと懐かしんでみてはいかがでしょうか。とき折り一人ニヤッとしたり、ほほえんだり一人楽しめる思い出は貴方だけのものです。

喪の作業

昔から「喪中につきご辞退させていただきます」という言葉がよく使われていましたが、最近は段々耳にすることが少なくなったように思います。この喪に服すという作業、決して無意味ではないのだと思うようになりました。

　死者との関係で喪中の長さも違っていましたが、これにもそれなりの意味があったのだと思うのです。この間に死者との生前の関わり方、死別のときのこと、死者の生前の生き方、考え方などをしっかり振り返り思い起こしながらたどってみる、つらい作業ではありますが、これをしっかりすると心の整理になるように思いました。

　また昔から喪中はお祝いの席を辞退していたのもうなずけるものがあります。晴れやかな席に行くと余計に悲しみが増幅します。大勢の人が華やいだ気分で楽しそうにしているのを見るのは、何ともつらく悲しいものがあります。悲しみのなかにある者にとっては他人の喜びは、悲しみをよび起こすものになるのです。その場所では何とか持ちこたえても後で一人になったときに襲ってくる寂しさは、味わってみて初めて分かるものです。

　喪に服すという儀式など、昔からの言い伝えは形式ではなく、それなりに意味のあることだと思います。長い間のいろんな知恵からきているように思えました。

　死別の後、しっかりと心の整理をしてから次のステップに踏み出すのと、そうでないのとでは違いがあるかも知れません。きっちり整理をしないまま時間を過ごすと、何かの折にふっと傷が痛み出すようなことがあるかも知れません。それゆえ喪の作業は大切なのではないでしょうか。

心の整理をするにはそのとき感じていること、思っていることを人に話したり、書いたり、詩や歌に詠んだりと、色々あると思いますが、それは各人に合った方法をとることをお薦めします。

私も、こうして書いているうちに、何度涙をながしたことか分かりません。初めのうちはどうしょうもないほど涙が出て、途中で何度も中断したものでした。それも回数を重ねるごとに涙の出方も変わってくるのが分かるようになり、段々心の整理が出来てくるのも分かりました。

とはいえ、最初の一年間は本当に異常な心持ちでいたのだとつくづく思います。このことも過ぎてみなければ分かるものではありません。

誰しもその辺りは大同小異かもしれません。悲しみや寂しさもとことん落ちるところまで落ちると、次は上がるのみです。少しずつ明るさが展開してくるように思えます。いつまでも暗闇のトンネルではないのです。必ず明るい光の射す出口が見えてくるものです。

そのためにしっかりと受け止める気力や勇気が必要です。

どんな悲しみや苦しみつらさも、決して背負いきれないものはこないのです。必ず自分には抜けられるのだと鼓舞しながら進んでいけば、明るい明日が巡ってくる、そう信じて歩もうではありませんか。

明るい笑顔には人が寄ってきてくれますが、暗い顔ではなかなか人は寄ってきてくれないのではないでしょうか。心の持ちようは素直に顔に出てくるものかもしれません。あなたの人生はあなた自身のものですし、私の人生は私自身のものですから。

ひまわりの花を咲かせよう

このような考えの私が、遺族の会を作ろうと言い出し、それに栄光病院の下稲葉先生をはじめ、栄光病院全体でお力添えをいただき、会を発足させるために同じ志を持つ世話人グループが誕生し、準備会を作りました。

勉強会や意見交換、そしてお互いの意志疎通のために一緒にお食事したりしながら、また先進のグループからいろいろ情報をもらったり、そこでの活動を教えてもらい、各人がアイディアを出したりして、文字通り力を合わせて、栄光ひまわり会を発足させるところまできました。

発起人グループ十二名、三十の声を聞いたばかりの女性、小さなお子さんを連れて参加する方、土日は仕事でなかなか時間の取れないのをやりくりし、明るい顔を出してくれる女性、まだ奥様を見送って日の浅い男性数名と多士済々です。そのうち男性が四名参加していただけたことは、本当に良かったと思っています。

会を発足させる時点で、さしあたり栄光病院で亡くなられた方のご遺族四〇〇名近くにご案内したところ、思いの外男性の参加が多かったのは、発起人のなかに四名の男性が名前を連ねていたことに起因していると思っています。こうしたグループではなかなか男性の参加者は少ないようなのです。

伴侶を亡くした悲しみは同じはずなのに、日本の社会風土が男性の参加を拒むものがあるのかも知れません。男は他人に涙を見せるものではない、そのような思い込みがあるのではないでしょうか。

愛する人を亡くすことは男女の別なく悲しいことだと思うのに、それなのにどうしてでしょう。悲しみは同じでしょう、じゃ素直にしましょうよ。

もし私が先に亡くなり、夫が遺っていたら、夫は多分とても嘆き悲しみ、涙に暮れていただろうと思います。誰もいないところで一人寂しく涙するばかりではかわいそう、時々同じ悲しみを背負った人たちと過ごしてほしいと思うのは私だけでしょうか。悲しみや涙は女性の専売ではありません。表現のしかたに差はあっても人は皆同じはずです。

悲しみは同じといっても、子育てに追われている世代の人々が伴侶を亡くしたときは、また別な悩みをいっぱい抱えているようです。こうした悩みや苦しみに対してお手伝いをするには何が良いのか、どのようにするのが好ましいのか、いま模索しています。子育ての経験のない私には難しい問題でもあり、経験豊かな人の助言をお願いしています。

いろいろな人との出会いの場を設定することは大切なことだと考え、行動に移すように努めている昨今です。

このように、今後の方向性も含め、いまだ試行錯誤の段階ですが、「思いついたことはなるべく行動に移してみる」をモットーとして歩み始めました。孤独のなかでは元気は出ない、まずは元気を出して歩めるようになるには、孤独感からの解放がなによりではないかと思い、それにはどんなお手伝いがあるかいろいろ考えました。

そんななかで、この活動が何より、私自身の元気の元になっていることも見逃せないと気づきました。何をしてもすべて人のためではなく、自分自身に還ってくるんだということを常に心のどこかにおいています。何をしても教えられることばかりです。

人生は学びの連続であり、その気持ちがなくなったときは、この世での営みの終わるとき、という気持ちで人生を歩んでいきたいと考えてます。


栄光ひまわり会誕生に向け最初の集まりは、一九九九年二月六日、参加者十名、遺族となられた人五名、終末期を迎えられた方の家族一名、病院サイドの方が四名参加して実現しました。このときが皆さんそれぞれ初めての顔合わせとなり、どんな会にしたいのか、その全体像を話し合いました。

その後、三月、四月と月一回の会合を重ね、その会の趣旨、約束事項、活動の中身を話し合っていきました。参加していただけるメンバーもだんだん固定化してきました。会合は、参加した人たちの体験談が出てきて、数回はそのことで会合が終わってし

まうこともありましたが、この会の性格を考えますと、そのことも必要なことだと思いました。

七月になると、それまで参加してきている方たちが、世話人として活動していただけることになり、発会の具体的な日程を決め、会費会則などを決めていきました。設立発起人も十二名そろい、発会にむけ準備を整えていきました。

こうして、栄光ひまわり会は、一九九九年十一月六日に栄光病院の礼拝堂で、五十名ほどの参列者と病院から藤江理事長、下稲葉副院長・ホスピス長をはじめ、多くの方々の参列をいただき産声をあげました。

発会式当日は十時に世話人が会場に集まり、会場の設営、準備に取りかかります。会場の準備が出来たころには一段と緊張してきました。そして早い方は十二時半頃にはおみえになり、発起人グループも合わせて遺族の方々が五十名ほど集われました。

参加された方に、自己紹介をかねてご挨拶をお願いしましたところ、ほんの一～二分程度の時間を予定していたのですが、大半の方々が持ち時間を遥かに超えてお話になりました。

集われた人々にとって、ご自分の胸のうちを話すということは、ほとんど初めての経験かもしれません。それぞれの思いを語られ、予定時間をオーバーしましたが、皆さんの胸のうちに溜まっているものを、次々に吐きだし、語られました。

日頃の生活の場において環境には恵まれず、いろいろな想いを胸に秘めながらも、表現することが出来なかった、ということだと思います。

そして多くの方から、「自分一人がこんな思いでいるのかと思っていたが、他の人も同じような思いでいるのが分かって安心した、少しずつ元気を出して行こう」と発言されま

福岡県・志免町のホスピスで開かれた患者遺族の自助サークル「栄光ひまわり会」の発会式

愛しい人 亡くした悲しみ 分かち合おう

遺族の自助サークル発会

志免町のホスピス

「話し合い気持ち軽く」

末期がんなどで家族を亡くした人が集まり、死別の悲しみを分かちあう自助サークル「栄光ひまわり会」の発会式が六日、福岡県志免町のホスピス・福岡亀山栄光病院であった。当面は毎月一回例会を開き、会報を発行。「将来は末期患者や家族への精神的な支援などボランティア活動も行いたい」と話している。

終末期医療では患者のケアとともに、最近では心身面での負担の大きい家族のサポートも重要視され始め、こうした遺族の自助グループの活動が注目を集めている。

発起人は、この日会長に就任した同県宗像市の中村浩子さん(六二)。九七年十二月に夫を膵臓がんで亡くした。九州に身寄りもなく、悲しみを一人で抱え込んでいたが、「同じ境遇の人と知り合い、話すことで気持ちが随分と軽くなった」という。

その経験が自助サークルづくりへと駆り立てた。夫をみとった栄光病院の下稲葉康之ホスピス長の協力で、今年二月から遺族に呼びかけ、準備を進めてきた。

発会式には福岡市を中心にした約五十人が出席。中村会長は「大事な人を失った悲しみを仲間と分かち合い、残りの人生を有意義に過ごせるような会にしたい」とあいさつ。その後、会員同士の自己紹介や体験談の発表などがあった。

同会事務局は栄光病院内＝092（931）2124。

縛らない医療

福岡市で集会

介護家族ら50人参加

痴ほう症のお年寄りを介護する人たちなどでつくる「呆け老人をかかえる家族の会福岡県支部」（樋口かをる代表、二百二十人）は六日、痴ほう症の患者をベッドに縛ったり、自分では脱げない服を着せたりする「抑制」問題について考える集会を福岡市で開いた。県内各地から約五十人が参加した。

昨年十月に「抑制廃止福岡宣言」をした県内の十の老人病院の一つ、原土井病院（福岡市東区）の岩永久美子副総婦長(五〇)が「縛らない医療（看護）への挑戦」と題して講演。宣言から抑制を完全に撤廃するまで十カ月間かかったことなどを、病院スタッフの苦労や葛藤を織りまぜながら話した。

「栄光ひまわり会」の発足を伝える「西日本新聞」

した。

こうした皆さんの発言を聞いていますと、この集いが、皆さんが本来の自分を取り戻せるのに少しでもお役に立つことができ、明日に向かって、それぞれの人生を明るく歩めるように、私も微力でもお手伝いすることができればと思いました。

悲しさや寂しさ、切なさは皆さん共通のものです。少し時間の経過した方のお話や、まだ言葉も出ないほどの悲しみのなかにある方、皆で分かち合い支え合うことが出来れば、そして皆さんの体験を通して今後のお役に立てることが出来れば、なお一層すばらしいことだと考えています。

最後に、栄光病院で、毎夜消灯の時間に院内に流れていた、看病された人々には思い出深い讃美歌「いつくしみ深き」を皆で歌いました。


一年余り前に何気なく言ったことが、このような形になって見えてきたことで、私は感無量でした。夫の死は本当に私を強くしてくれたのでしょう。姿こそ見えませんが、夫は私のなかで形を変えて生きていると実感することができました。

同じように、父や母も姿は見えないが、私の中で形を変えて生きている、とよく思いますし、実感します。私はこれがキリストの教えでいう永遠のいのちではないか、自己流の考えではありますが、そう理解しています。

そして、ひまわり会の活動は、姿を見せなくなった夫が、私にプレゼントをしてくれたものと思います。その意味でも、この活動を大切にしていきたいと思います。

いのちの質を求めて

栄光病院ホスピス長　下稲葉康之

栄光病院ホスピスでの最期の日々

私はもうすでに天国へ行っています。
生前中は何かとお世話になりました。
最後にお会いできないことが何としても心残りです。
皆様方には今後ともますますご活躍されんことを、
天国よりお祈りいたしております。

十二月五日

中村　勲

天に召される前々日、妻の浩子さんに託したお別れの挨拶状である。自分の死を目の当たりにしつつも、何とも痛快な文章である。

中村勲さん、六十五歳。一九九六年九月、膵臓がんで大手術。しかし翌年六月にはよもやの再発。死別を見据えての重苦しい生活が始まった。

そして不安と期待こもごも、栄光病院ホスピスへ入院。人生有終の美を成す二十五日間を過ごすこととなった。その当時の心境を友人に次のように書き送ったのだった。

主治医の判断では再手術は不可能で、効果的な抗がん剤もないことから、対症療法として、痛み止めを中心としたホスピスが、私に残された唯一の道のようです。

これからは、私に残された余生を、いかに心残りなく生きるかを考えています。それは、やがて訪れる「死」への準備です。

この点から考えると、ある日、突然に訪れる死より、確実ではあるけれど緩やかに死が訪れる「がん」は何とすばらしいことかと思います。

私は、自らの死にざまをあらかじめイメージし、具体化し、選択し、プログラム化し、事前に布石をすべきところは自ら着手し、遺族に委ねるところまでマニュアル化できるからです。一時は「死」の予告で落ち込んでいましたが、ここに至り、「死を遊ぶ」余裕すら出てきました。

がんと闘うのではなく共存し、できれば向こうから出てゆくまで待ちたいのです。自ら死を受け入れ、冷静に対処すれば、奇跡を呼び込むことさえ可能かもしれません。一縷の望みを託して、妻と共に心おきなく生きてまいります。

病状は確実に進行していった。入院当初は精神的に落ち着かずイライラする日々もあったが、だんだんとその心も開かれ、日に日に穏やかな表情になっていった。柿を食べすぎ下痢をしたことで妻にとがめられている彼に、私は童謡「叱られて」を歌い、また心乱れてうつろな目をしている彼の腕をさすりながら、シューベルトの「子守歌」をドイツ語で歌った。そしてやがて讃美歌を、手を取り合って一緒に歌うようになり、満面笑みをたたえたその細い目からは大粒の涙が溢れ出るようになった。その穏やかさは、病状の急なることを忘れさせるほどであった。

ベッドサイドに座り話していると、急に、
「先生、神さまの思し召しの時がきたら先生が看取ってくれますか」
と、真剣なまなざしで問いかけてきた。

「讃美歌を歌って看取らせてもらいますよ。勲さん、死んだらイエスさまが天国に迎えてくださいますよね」

と、堅く握手しながら私も即答したのだった。

その翌日、講演で出張の途中に連絡が入った。彼が苦しがっていて今にも死にそうだからすぐにきてほしい、「自分が死ぬ時は先生が看取ってくれると約束した」と言っていると。

早速彼と電話で話した。荒い息遣いが伝わってきた。所用がすむまであと二時間、それまで待ってくれるように頼むと、「オーケー」と納得してくれた。気もそぞろに講演を終え、一目散に彼のもとに馳せた。

ベッドに伏せる彼、息遣いも弱々しい彼の手を包みながら、忘れがたい会話となった。

「しばらくしたら話もできなくなるでしょう。でも、イエスさまが天国に迎えてくださいますよね。勲さんが先に行ったら、待っていてね。私を忘れないでよ。もう医者と患者の関係を越えて、天国までの友人となりましたね。本当によかった。とてもうれしいですよ。

ところで、奥さんを愛していますか」

ちょっと照れ臭そうに、しかし静かな口調で気持ちを込めて、「とても、とても」と応じたのだった。傍らの奥さんの目には涙が溢れていた。

そして話は葬儀のことにまで及んだ。

「実は葬儀のことが気がかりでした。これでほっとしました。よかった……。よろしくお願いいたします。ありがとう、ありがとう。天国に行きます。行って待っています。ありがとう、ありがとう……」

気高ささえ感じさせるその表情、止めどもなく溢れ出る感動の涙、そして凝縮した感謝のことば――押し潰されそうな神の臨在を感じながら、私は讃美歌「われ聞けりかなたには」（第二編　一三六番）を讃美した。

「いい讃美歌ですね」と、彼はまた涙した。そして最後の記念写真となった。

その夜、彼は愛する妻と人生総決算の語らいを交わし、そして冒頭のお別れの挨拶状をしたためたのだった。

その翌日、ベッドサイドでの語らいを終えて病室を出るとき、私は不覚にも、「シーユー・トゥモロー」（また明日）と手を挙げて挨拶してしまった。すると彼は手を振って、「シーユー・アゲイン」（じゃあ、またね）と応じたのだった。

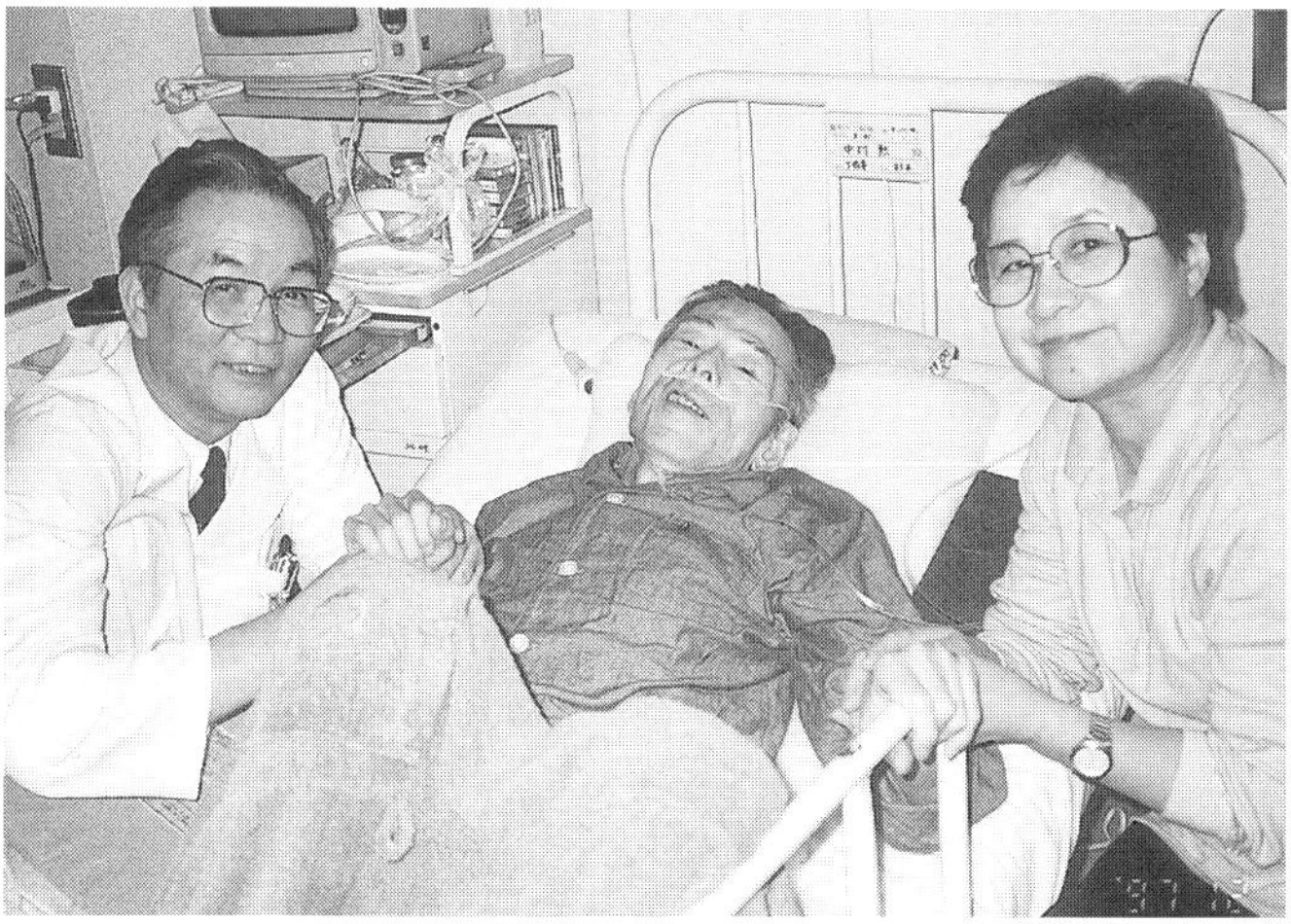

病室で撮った最後の記念写真

そして彼との明日はこなかった。彼は翌朝、私が日曜日の礼拝奉仕をしているさなかに、「先生、早く、間に合わない！」と私を待ちつつ、天の故郷に迎えられていった。葬儀は彼の希望どおり、病院の「安らぎの間」で執り行なわれた。そこには惜別の涙とともに、いやそれ以上に、厳しくもすがすがしい彼の人生への共感の思いと、彼を慰め強めてくださった神への感謝があった。

妻の浩子さんは一九九八年十一月バプテスマ（洗礼）を受け、教会の交わりのなかで生き生きと信仰に励んでいる。そしてこれからのライフワークとして、同じような境遇にある遺族への援助の働きに取り組もうと思いを新たにしている。

「遺された者にとって痛み苦しむ姿を見ることもなく、最後まで話し合うときを持て、安らかに息を引き取って旅立たせていただけたのは何よりの幸せだと感謝しております。これも、主人が再発以来、心ならずも私を遺して先立つことを嘆き、後に一人遺る私の身を案じて常に祈ってくれていたことがかなったのでしょうか。

遺された私は寂しさや悲しさはあるものの、夫の愛をいっぱい感じながら、元気に過ごしております。そして今も、主治医であった下稲葉先生とは、牧師と信徒として、教会で毎週お目にかかる機会を持たせていただいています」

いのちの質を求めて

はじめに

いのちの日数が限られていると自覚した末期がん患者は、まさに袋小路に追い込まれた状況にある。引き返すことは出来ないし、右にも左にも逃げることも出来ない自分の死と向き合い、そしてその死が静々と近づいてくる。

当然、その心境は多少なりともパニック状態となる。悔し涙を流し悲嘆にくれ、深く落ち込み、またいらいらし周囲に当たり散らし、事ごとに怒りをあらわにする、あるいはまさに死力を尽くして最後の可能性に飽くことなくチャレンジしようとする……。

しかしながら、そのような動揺と葛藤を経て、ほとんどの患者さんが段々と自分の死を目の当たりに見据えるようになる。初めはこわごわと、しかしやがてしっかりと見つめ、そして死を踏まえた会話へと発展していく。

即ち、どうにかして死を避けたいという思いが、やがて仕方がないと変わり、そして、死が避けられないのなら、どのようにこれを迎えるか、どうしたらきれいな死に方ができるかと前向きな姿勢となっていく。

「いのちの質」、それは自分の死と対峙して、自分の死そのものをどのように迎えるかを考える時に、最高度に高められることになる。

自分の一度限りの死に対峙することほど厳しい現実はないと思われるが、同時にまた、死や死後のことを真剣に模索することのなかから、穏やかな平安の日々が訪れるのも事実である。

自分の葬儀や納骨のことにまで話題が発展することも度々である。特に、キリストを信じ、死が人生の終着駅ではないと確信して死を迎える人々は、人生を全うできるとの満足感があり、さらにやがてまた再会できるとの希望さえ抱いて天国へ凱旋するのである。かくて、死は決して人生の惨めな敗北ではなく、人生の完結であり、天国への晴れがましい旅立ちであると言える。

ホスピスの定義

ホスピスは一般的に次のように定義されている。

「ホスピスとは、末期患者とその家族を、家や入院体制のなかで医学的に管理するとともに、看護を主体とした継続的プログラムを持って支えていこうというもので、さまざまな職種の専門家で組まれたチームがホスピスの目的のために行動する。

その主な役割は、末期ゆえに生じる症状（患者や家族の身体的・精神的・社会的・宗教的・経済的な痛み）を軽減し、支え励ますこと」（全米ホスピス協会）

以上より、ホスピスの特徴として、

一、末期がん患者とその家族がケアの対象であり、

二、痛みを全人的に理解し、それに基づいて全人的ケアをなし、

三、そのためにはチーム・アプローチが必要であり、

四、その目指すところはいのちの質を追求することである。

「いのちの質を求めて」、その基本的な四つの課題

A　症状コントロール

身体的苦痛に対しては、習熟した医療スタッフとして、そのコントロールに腰を据えて真剣に対処する必要がある。

身体的苦痛のコントロールはホスピスケアの突破口であり、これを経て初めて次の段階のケアに進めると言える。近年、症状コントロールの知見は確実に進歩した。それでもなお緩和できない苦痛が時として存在するが、それに対しては慎重な検討と説明のもとに鎮静という手段を講ずることになる。このようにして、いのちの質向上の不可欠の条件であるがん性疼痛をはじめとする諸症状のコントロールに、ますます研鑽を積み重ねゆく必要がある。

と同時に、症状コントロールは全人的ケアという見地からどうしても果たされるべき必要条件であるが、それは決して十分条件ではないことを銘記する必要がある。即ち、悪天候のなかを左右に激しく揺れながら降下している飛行機の、その激しい揺れを調整するこ

とはできても、確実に降下しつつあるという事実は覆し得ないのである。

B　コミュニケーション

ホスピスにおけるコミュニケーションの果たす役割は極めて肝要で、そのいかんはケアの成否を決定するといっても決して過言ではない。それは、ホスピスにおいては従来の診断と治療という医療手段が第一義的な役割を持っておらず、死にゆく患者を援助できるかけがえのない手段が、患者・家族・スタッフ間のコミュニケーションだからである。

よきコミュニケーションをはかるためには、

一、コミュニケーションの意義とその必要性についてスタッフの意識改革が必要である。

ホスピスケアにおいては従来の診断と治療という医療手段が第一義的な役割を持っておらず、死にゆく患者とその家族を援助できるかけがえのない手段が患者・家族・スタッフ間のコミュニケーションである。

コミュニケーションとは、患者・家族とスタッフ間のきわめて基本的な絆であり、患者・家族を援助する基本的な手段であり、ケアの満足度をはかる基本的な鍵である。

二、患者をあるがままに受け止め、仕える姿勢。

患者はその人生における最期にして最大の危機的状態にあり、当然人生の経験という面から言えばスタッフの経験したことのない状況にある人生の先輩である。

1、患者の考え・要望やそのきびしい心情などに対し共感的傾聴の姿勢が必要。

2、患者が主役で、スタッフはそのニーズに対し医療職にある者としての知識と技術と経験を持って仕える（「治療する」＝therapy → θεραπευω「仕える、いやす」）。

3、そして「ホスピス」とは基本的に「hospice → hospitium（温かいもてなし）」である。

温かいもてなし、これは温かいニュアンスを含んだ言葉である。そして「病気を温かくもてなす」とは言わない。即ち、温かいもてなしの対象は、病気とか物ではなく、人である。病気を持つ病む人であり、病む人のきびしさに閉ざされている心である。

したがって、ホスピスとは患者のきびしい心に向けられた温かいもてなしの心、心と心の交流であり、ホスピスケアとはその心の絆と交流を基本にしたケアである。

三、苦境にある患者・家族のせめてもの慰めと幸せを願う、ある種の使命感と覚悟が必要である。

「われは心より医師を助け、わが手に託されたる人々の幸のために身を捧げん」（ナイチンゲール誓詞）

患者とかかわって苦渋することが多い。いらいらし、注文が多く、怒ったり、時としては拒否的態度だったり、また命令口調になったり……。気苦労が多いし、そのため何となく重い気分に陥って、病室から足が遠のきがちになることがあるかもしれない。しかし、患者から逃げ腰になってはいけない。思い直して、とことん付き合い、話を聞いてみようと腰を据えることである。すると、しばしば道が開かれる。

そのために、やはりある種の覚悟と使命感が必要である。この人に最後まで付き合って世話をしていこう、この思いは必ず患者の心を開くことになる。

四、と同時に笑顔とユーモアを忘れない。

スタッフの包容力のある姿勢と患者をなごませる笑顔とユーモアは必須である。白衣を着たら笑顔を、をモットーに患者・家族に接しよう。

ホスピスに暗い顔、陰うつな表情は禁物である。心の鎖を解き、心のやみに温かい光を投ずる笑顔が必要であり、思わず笑いに誘うユーモアが必要である。その時、その暗く重々しい病室がさあーと明るい穏やかな雰囲気に変わることを経験する。時に鏡に映る自分の顔と表情を観察したらどうだろうか。他人を明るくし安堵させる笑顔を身に付けたいものである。

五、自らのいのちの質の向上に努める。

深刻な死の不安と恐怖の只中にある患者とコミュニケートするには、どうしても「生きる・死ぬる」の人間存在の根源的な課題に対し、スタッフもひとりの人間として真剣に取り組むことが必要である。

死に臨んでいる患者さんの訴えは真剣で、鋭い。それに対する応答は一時しのぎのごまかしでは決して通用しない。それにしっかりと応答するためには、スタッフの座を降りてひとりの人間としての立場で、いずれの日にか自分も必ず死を迎えねばならない同じ立場にあることを覚え、生きる死ぬるを真剣に問い、自らの「いのちの質」の向上・「尊厳ある生と死」を真剣に探求しなければならない。

ホスピスが「いのちの質を高めるべくなされる全人的ケア」であることを思う時に、他人のいのちの質を問う者は、まず自らのいのちの質を真剣に問い、その向上に努める必要がある。

私は医師である前にひとりの人間であり、ひとりの人間としてどのように生きるべきかを考えた。そして、神の恵みにより、死んで復活され、今も生きておられるキリストを信じる生き方を与えられ、死は決して人生の終着駅ではないと確信している。私の生活と人生を支える確かな基盤であり、また目標でもある。本当に心から感謝し満足している。

ホスピス病棟はまさに人生道場である。他人を援助するという困難な、そして崇高な目標に向かって、患者さんに教えられつつ自己鍛錬に励み、そして倦むことなく患者さんに仕えてゆくことになる。

C　家族への援助

ホスピスの大きな特徴のひとつに家族への援助がある。場合によっては、家族への援助の方が大きな課題となることさえあり、ホスピスケアの成否を決することさえある。だから、どのように家族を援助するかは緊急の課題でもある。

それは、末期がん患者は決して単に患者であるだけでなく、家庭人としては夫であり父親であり、場合によっては息子であり兄でもあるからであり、家族にとっては、愛すべき夫であり慕うべき父親である。

そしてこの絆が断たれようとしている。

このような家族を慰め励ますことはとても難しいことである。厳密な言い方をすれば、本来不可能なことかもしれない。

スタッフは、自らの能力と働きの限界を充分にわきまえた上で、それでもわずかばかりの慰めにでもなればとの思いで、家族の援助に当たることになる。その際に大切なことは、家族が充分にその心情を表出できるような状況をつくってあげることである。

一般的に予期的悲嘆と言われている。それは小島操子先生によると、

「予期的悲嘆とは、近い将来、愛する家族員の一人と死別することが予期された場合、実際に死が訪れる前に、死別した時のことを想定して嘆き悲しむことであり、前もって悲嘆・苦悩することによって、現実の死別に対する心の準備が行なわれることを言う」

この予期的悲嘆は家族にとって非常に重要であり、家族への援助はどのようにしたら順

調に悲嘆が表出されるかにかかっている。

そのためには、家族とのコミュニケーションを密にし、良き信頼関係を築くことが肝要である。そしてあらゆる機会を捕らえて接触し、その心情に耳を傾けると共に、病状の説明や今後予想される経過、さらに残されている期間があとどれほどなのかなどを思いやりをもって説明する。さらに患者と家族の間で、できるだけ率直な会話が交わされるようにと側面から援助することも大切。また家族も決して一枚岩でなく、時として責任を転嫁し合ったり、利害が相反し争いが起こったりする場合もあるので、その融和をはかる必要もある。

しかし、最終的には家族がその当事者として自分の問題を背負っていかなければならない。その狭い険しい道をひとりで歩んでゆかねばならない。私はクリスチャン・ホスピス医として、家族が常に共にいてくださる神を知り、神とのかかわりのなかで進みゆくことができるようにと祈り、助言することにしている。

D 霊的援助

霊的援助の意味する内容は未だにはっきりと定まってはいないが、末期がん患者に関わって痛感することは、霊的援助こそはホスピスケアの本質的役割を果たすということである。

残り少ない日々を過ごす患者の心に去来するものは、失敗や後悔の念、罪責感、疎外感であり、病気のなかで生きる意味や価値の喪失感、さらには死への不安、死後の世界への恐怖など、いろいろである。

これら人間の根源的苦悩に関する援助が霊的援助と言える。だから、当然、特定の宗教を持っていない人も霊的痛みを持っており、援助が必要である。

霊的援助は後悔や罪責感を和らげ、その人生に意味付けをし、遺される家族と率直な会話をもたらし、その人は死を受容し、新しい世界へ旅立つことができる。

この援助が滞りなく行なわれるためには、まずスタッフが腰を据えて患者をその姿のまままで受け留め理解しようとする姿勢が必要である。このような積み重ねが霊的援助の絆を生み、そして霊的援助となっていく。

その際に、その患者の個性を尊重し、その考え方・生き方、人生そのものを肯定的に評価する必要がある。共感し、受容する姿勢である。そして、共に背負い共に歩む友の立場で接触する時に、自ずとその絆は太くなる。

そしてしばしば、死と死後のこと、信ずること、死んでも生きることに話題が発展し、何とも表現し難い生命共同体としての感動を共有する間柄になる。当然、葬儀のことや納骨のことにまで話は及ぶ。

そのような、とても予想も期待もできなかった平安な姿に家族の心も和み、そしていつしか遺される家族も霊的援助により、患者と家族が慰めと喜びを分かち合う。そして手を取り合って、「一足お先に」「天国から守っているよ」「お待ちしています」「シーユーアゲイン」と、涙のうちにも実に慰めに満ちた、別れの、いや将来の再会の挨拶を交わすことになる。

霊的援助、それは症状コントロールに始まる全人的ケアを締めくくる大切な援助と言える。

初出
「栄光病院ホスピスで迎えた最期」＝「百万人の福音」一九九九年五月号、ことばのいのち社刊
「いのちの質を求めて」＝『いのちの質を求めて』ことばのいのち社刊より抄録

あとがき

このような本の形になるとは考えもしないで、夫への鎮魂の思いで書き始めた文章でした。ポツンと一人ぼっちになった寂しさから、何も手につかず、ぼんやりと過ごす時間ばかりのころ、ノートや手帳に書きなぐったものを整理することから始めました。

子供もなく、思い出を共有する人が身近にいないため、懐かしんで思い出話に耽ることは出来ません。そのようなとき、今までの人生を振り返ってみながら、気持ちを確かめたり、心を覗いてみたりすることが、夫を亡くした私の傷を癒すのに良いことだと気づきました。とはいっても、ときには悲しみに打ちひしがれ、涙に目が曇り、どうすることも出来ず中断したこともありました。

でも時間の経過は、色々なことを教えて、考えさせてくれます。

そして、死別から一年半近く経過したころ、こんなに書いているなら本にしてみたら、と言われ、何気なくそうしようかしら、と軽い気持ちで始めました。主人の残した手紙をはじめ、手帳、病床で描いた花のスケッチ、いただいたお手紙の整理などから取りかかりました。それと同時に、「栄光ひまわり会」の立ち上げの準備と、いつになくあわただしい日々を送りながらの作業となりました。

しかし、今まで何の経験もない私が、初めて取り組むには大仕事でした。自分の体験したことを、率直に書き記し、感じたことを素直に述べていくのみ、という思いでした。そして、お読みいただだいて、私が体験したことが、少しでも何かのお役に立つことが出来れば、幸いだと思っております。

こうして、たくさんの方々のお力添えをいただきながら、進めることが出来ました。多くの方のお手紙を収録させていただきましたし、カットは、夫が病床で描いたスケッチや私の従姉妹の松島明子さんが描いてくれたものを使いました。

夫の発病が分かると、遠く山梨の地より毎月定期便のようにきていただき、大きな力で助け、支えてくださった大澤知子さん、離れて暮らす私を心配し、見守ってくれた姉の歌を収録いたしました。

上野朱さんには、たくさんのアドバイスをいただきました。そして何よりも、栄光病院の下稲葉先生には、ホスピスについての原稿をいただくことができました。あらためて皆様に厚くお礼申し上げます。

中村浩子

二〇〇〇年二月

執筆者紹介

下稲葉康之（しもいなば・やすゆき）

一九五七年三月、鹿児島ラサール高校卒業、同年四月、九州大学医学部に入学。

一九五八年十月、ドイツ人宣教師との出会いを契機にクリスチャンになる。

一九六三年三月、九州大学医学部卒業。

一九六四年四月、九州大学医学部第二内科（勝本内科）入局。

一九六七年四月、医療法人古森病院に勤務しつつ、福岡市東区香住丘にて、開拓伝道に従事、同年十月に、香住丘キリスト福音教会を創設し、伝道者として奉仕。

一九八〇年四月、福岡県糟屋郡志免町、亀山栄光病院勤務、末期医療（ホスピス）担当。

一九八六年四月、福岡亀山栄光病院として新築オープン。副院長・ホスピス長として勤務。現在に至る。

一九九〇年九月、栄光病院、「緩和ケア病棟（ホスピス）を有する病院」として厚生省から認可される。

現在　特別医療法人栄光会栄光病院副院長・ホスピス長、栄光ホスピス研究会会長、日本死の臨床研究会常任世話人、日本死の臨床研究会九州支部長、全国ホスピス・緩和ケア病棟連絡協議会監事、香住丘キリスト福音教会代表

著書に『いのちの質を求めて』（いのちのことば社刊、定価一五〇〇円＋税）がある。

中村浩子（なかむらひろこ）1938年，香川県高松市に生まれる。1963年，結婚し北九州市に住む。1974年より宗像市に移り，現在に至る。栄光ひまわり会代表を務める。
【栄光ひまわり会】　1999年に発足。
事務局＝福岡県粕屋郡志免町別府58
栄光病院内　電話・Fax092（931）2124

ホスピスが私に残された唯一の道

■

2000年3月27日　第1刷発行

■

著者　中村浩子
発行者　西　俊明
発行所　有限会社海鳥社
〒810-0074　福岡市中央区大手門3丁目6番13号
電話092（771）0132　FAX092（771）2546
印刷・製本　有限会社九州コンピュータ印刷
ISBN 4-87415-305-4
［定価は表紙カバーに表示］

海鳥社の本

余命6カ月から読む本　ファイナルステージを考える会編

末期がんの告知を受け人生の最後のステージを迎えたとき，「自分の医療を人まかせにしないで，人生の最後を自ら選択，決定し，自分らしく過ごしたい」と考える患者と家族と医療者のためのガイドブック．福岡県を中心としたおすすめできる末期がん病医院のリスト付．　1800円

モルヒネはシャーベットで　家で看取った死　波多江伸子

モルヒネのシャーベットは甘くておいしい痛みどめだった──．

すい臓がんの母を家で看取った体験を通して語る「生と死」の倫理学者・波多江伸子の“優しい死”のすすめ．「たたみの上で死ぬ」ということの意味を考えるための理論とその実践．　1553円

長寿時代　いま生きて　長崎新聞報道部

介護保険法施行を目前にして，介護の現状はどうなっているのか？　暮らしは，社会はどのように変わろうとしているのか？　私たちの老後はどうなるのか？　家族を主眼にした事例をとりあげ，高齢者との共生のあり方を問う．　1600円

ジェンダーを学ぶ　堤かなめ・窪田由紀編

「女らしさ」「男らしさ」にとらわれていませんか？　法律，暮らし，言語，心理学，国際政治，マーケティング，高齢者問題，NGOなどをジェンダーの視点から考察し，地域や社会の望ましいありかたを探る．ジェンダーを超えて行動するために．　1800円

男社会へのメッセージ　読売新聞福岡総本部女性問題企画委員会編

各界で活動を続ける女性44人が，様々な角度から現代社会＝男社会に斬り込む．性的いやがらせ，過労死，男女雇用機会均等法，売買春，夫婦別姓，年金制度，保育行政，育児休業，性暴力，セカンドレイプ，M字型就労など，女たちの意義あり！　1429円

＊価格は税別